KB117579

나와 춤을

나와 춤을

私と踊って

온다 리쿠

권영주 옮김

비채

차 례

교신 **속표지**

변심

私 と 踊って

이 조명은 달걀 껍데기에서 영감을 얻어 디자인한 게 틀림없다.

책상 위에 늘어진 주황색 조명등을 보며 시로야마는 생각했다.

달걀을 삼분의 일 잘라낸 듯한 모양의 조명등은 책상 위에 부드러운 불빛을 던지고 있다.

팔걸이가 달린 사무용 의자는 책상 밖으로 나와 옆을 향해 놓여 있다.

책상 가장자리에 커피가 든 머그잔이 놓인 것이, 얼핏 보기에 책상 임자가 잠깐 자리를 비운 느낌이다.

그러나 책상 한복판에 떡하니 놓인 큼직한 데스크톱컴퓨터는 전원이 꺼져 있다. 컴퓨터를 껐다는 것은 한동안 자리를 비울 작정이었다는 뜻이다.

그런데 불은 켜놓았다.

자리를 오래 비울 생각이었다면 그 친구 성격으로 볼 때 불도 끄고 의자도 정리했을 것이다. 머그잔을 이렇게 책상 끄트머리에 아슬아슬하게 놓아두었다는 것도 이해되지 않는다.

모순된다. 잠깐 자리를 비우는 것뿐이라면, 요새 컴퓨터는 바로 화면 보호기가 작동되어 전기를 그렇게 많이 먹지 않으니 일일이 전원을 끄고 갈 리 없다. 그렇지 않아도 막바지에 다다른 기획을 몇 개 끼고 있는 상황인데.

시로야마는 머리를 긁적이며 옆에 선 영업기획부의 젊은 남자를 돌아보았다.

"가바시마가 나가는 걸 아무도 못 봤다는 말이지? 외출한다든지 조퇴한다는 말을 남기고 나간 것도 아니고."

"네."

"그런데 짐은 없어졌다?"

"그렇습니다."

"배탈 나서 화장실에 틀어박힌 것도 아니고."

"화장실도 확인했습니다."

"그럼 역시 본인의 의지로 나갔다고 볼 수밖에 없겠군. 누가 짐을 빼돌린 게 아닌 한."

"그렇죠."

"어디서 급한 연락이 왔다는 이야기도 없다는 거지? 가족이 아프다든지."

"네, 없습니다."

조수로 가바시마의 업무를 보조하던 에토가 도무지 알 수 없다는 듯 말을 이었다.

"그렇지만 이상합니다. 어째서 가바시마 씨가 회사에서 모습을 감춰야 합니까? 가바시마 씨는 사무 업무가 대부분인 데다, 외출할 용건이 있다는 말도 못 들었습니다. 아무한테도 말 한마디 없이 사라졌단 말입니다. 그런 일은 있을 수 없어요."

이 녀석은 대체 안경이 몇 개나 되는 걸까. 볼 때마다 테 색깔이 다른 것 같다.

"그건 그렇지."

시로야마는 에토의 무지갯빛(그렇게 말할 수밖에 없는 이상야릇한 색깔이었다) 안경을 보며 대꾸했다.

아까부터 타타타타 소리를 내며 헬리콥터가 상공을 선회하고 있다. 가바시마의 책상 옆 커다란 창문으로 검은 헬리콥터가 보였다.

오래된 건물이라 여기 6층에서도 창문이 열린다. 창틀도 상당히 고전적이다. 요새는 복고풍이라는 말도 듣지만, 뻑뻑해서 열고 닫기가 쉽지 않다.

"어째 헬리콥터가 시끄럽군. 오전부터 날아다니던데 무슨 일 있나?"

"글쎄요? 무슨 일일까요."

두 사람은 창밖을 올려다보았다.

헬리콥터만이 아니다. 근처에서 공사라도 하는지, 이따금 규칙적인 진동음이 타타타 들린다. 목청을 높이지 않으면 에토의 목소리도 들리지 않을 정도다.

창 바로 밑으로 수도고속도로가 지나간다. 공사 소리는 방음벽으로 가려진 도로 너머에서 들리는 것 같다. 기중기 같은 것이 삐죽 나와 있다.

시로야마는 불현듯 가바시마의 책상 위에 놓인 수화기를 들고 재다이얼 버튼을 눌렀다. 시로야마의 내선 번호 네 자리가 떴다.

역시 나한테 건 전화가 마지막인가.

시로야마는 고개를 갸우뚱했다.

오늘 아침 10시쯤 가바시마가 내선으로 총무부 시로야마에게 전화를 했다.

"동창회 연락 왔어?"

그는 느닷없이 그렇게 말했다.

가바시마는 동기인 데다 대학 시절 같은 연구실에 있었다. 하지만 내선 전화로 그런 걸 물은 것은 처음이었거니와 워낙 갑작스러웠기에 "뭐?" 하고 되물었다. 그러자 가바시마는 이어서 이렇게 말했다.

"난 못 갈 것 같다. 밀러 씨가 변심하는 바람에 말이지, 그날 일하게 됐지 뭐야. 도가시한테 안부 전해줘."

"밀러 씨라니 그게 누구야?"

시로야마는 어안이 벙벙해서 물었다.

"게다가 도가시라니? 나한텐 아직 연락 안 왔는데. 그 친구가 총무냐?"

"부탁한다."

가바시마는 그렇게만 말하고 곧바로 전화를 끊었다.

당황해서 수화기를 바라봤지만, 업무와 관계된 용건은 아닌 듯하기에 시로야마는 금세 그 일을 잊어버렸다.

그런데 오후부터 가바시마가 보이지 않는다며 난리가 났다는 이야기를 듣고 내선 전화 일이 생각나 그의 자리로 찾아온 것이다.

가바시마의 상사이자 그 팀 부장인 다마다가 에토에게 물었다.

"휴대전화는?"

"걸어봤는데 받질 않습니다."

이해가 안 간다는 듯 나지막이 이야기를 나누던 두 사람은 사정이 있을지도 모르니 잠시 기다려보기로 한 듯했다.

사정. 어느 쪽인가 하면 꼼꼼하고 차근차근한 성격인 가바시마가 업무를 내팽개칠 만한 사정이 있다니, 그리고 그런 사정을 아무에게도 알리지 않았다니 도무지 믿기지 않는다.

시로야마는 입술을 여덟 팔자로 일그러뜨리고 가바시마의 책상 위 데스크톱의 어두운 모니터를 바라보았다. 자신의 팔자 모양 입술이 비친다.

시로야마는 막연히 책상 앞에 앉았다. 의자를 빙그르르 돌려 책상을 향한 순간 뭔지 모를 어색함이 느껴졌다.

그 이유는 바로 알았다.

의자 높이가 낮다.

이상한걸.

시로야마는 의자를 내려다보았다. 가바시마는 나보다 키가 작은데 왜 이렇게 의자를 낮춰놓았지?

어째 묘한 기분이 들었다. 나보다 누가 먼저 앉았을 것 같지도 않다. 가바시마 자신이 의자를 낮춰놓았다고 생각할 수밖에 없다.

시로야마는 주위를 살피고 슬그머니 책상 밑을 들여다보았다.

작은 상자가 있고 그 위에 목장갑 한 켤레가 놓여 있었다.

이상한데.

또다시 어색함이 느껴졌다. 이렇게 어쩌다 가끔 쓰는 물건을 그 친구가 치우지 않고 그냥 둘 리 없는데.

장갑을 꺼내 보았다. 아직 새것인데 검지 *끄트머리*만 거뭇하게 때가 탔다. 유심히 뜯어보았지만 그것 말고는 아무런 특징이 없는 평범한 목장갑이었다.

시로야마는 께름한 기분으로 장갑을 책상 밑으로 되돌려 놓았다.

이 기묘한 느낌은 뭐지?

시로야마는 몸을 일으켜 자세를 고쳐 앉았다.

어쩐지 가바시마가 자신에게 목장갑을 보여주었다는 느낌이 들었다. 의자 높이를 낮춰 책상 밑에 놓아둔 목장갑을 발견하게 한 것이다.

무슨 이유로?

어느새 목덜미가 싸늘해졌다.

시로야마는 책상 주위를 다시금 찬찬히 살펴보았다.

타인의 책상 앞에 앉으면 사생활을 엿보는 것 같아 어쩐지 뒤가 켕긴다. 꼭 그 인물로 행세하는 기분이다.

눈앞의 파란 파티션 보드에 달력이며 메모, 잡지 등의 스크랩들이 깔끔하게 붙어 있다.

정면에 붙은 스크랩에 시선이 쏠렸다.

수도고속도로 방음벽 공사 안내

무덤덤한 통지문은 갱지를 오린 것이었다. 인근 지역에 고지하는 목적으로 우편함에 넣어두는 유형의 문서를 스크랩했으리라. 공사 일시는 어젯밤. 심야에서 아침까지라고 되어 있다.

수도고속도로.

시로야마는 반사적으로 창밖에 시선을 주었다.

트럭이 오가는 도로 너머 방음벽을 자세히 보니 아닌 게 아니라 다른 곳과 색이 다른, 허연 새 부분이 있다. T자 형으로 벽을 교체하는 것 같다.

저기를 말하는 걸까.

시로야마는 다시 한 번 스크랩을 보았다.

스크랩 밑에 종잇조각이 하나 더 있었다.

핀을 뽑으니 사진이 나왔다.

방음벽이 일부분 없는 사진.

손에 들고 창밖으로 보이는 벽과 비교했다.

역시 여기서 보이는 저 허연 부분 같다. 어떤 연유인지 벽의 일부가 T자 형으로 없다. 파손된 부분을 제거한 모양이다.

이 사진은 가바시마가 찍은 걸까. 스크랩이 아니라 디지털카메라로 찍어 프린트한 것 같다.

시로야마는 스크랩과 사진이 이 낮은 의자에 앉았을 때 눈높이에 붙어 있다는 것을 깨달았다. 다른 것보다 조금 낮은 위치에 붙어 있다.

어째서 이 사진을?

사진을 유심히 뜯어보았다.

방음벽이 없는 부분으로 집 한 채가 보인다는 것을 알아차렸다.

그 집과 수도고속도로 사이에 있는 건물을 해체하는 중인지 철근이 노출되어 있다. 그 탓에 꽤 멀리 떨어져 있는 집이 바로 정면에 보이는 것이다.

프랑스식 창문과 발코니.

저택이라고 불러야 할 듯한 사이프러스 나무로 둘러싸인 고급 주택이다.

시로야마는 또다시 창밖에 눈길을 주었다.

벽은 벌써 보수된 후라 그 너머로는 아무것도 보이지 않는다. 하지만 위로 튀어나온 기중기의 위치로 보건대, 사진 속에서 건물을 해체했던 곳에 새 건물을 짓는 중이라는 것은 명백했다. 아까부터 두두두 하고 단속적으로 이어지는 소리는 그곳에서 공사하는 소리였다.

점점 섬뜩한 기분이 든다.

가바시마는 누가 이 의자에 앉아 스크랩과 사진, 그리고 창밖 풍경을 알아차리도록 유도했다.

갑자기 의문이 풀렸다.

기묘한 내선 전화. 그 친구는 내가 이곳에 오기를 바랐다. 그리고 이곳에 나를 앉히려 한 것이다.

시로야마는 혼란스러운 표정으로 책상 주위를 둘러보았다.

왼쪽으로 시선을 주었을 때, 문득 누가 돌아보기에 오싹했다.

작은 거울이 비스듬히 놓여 있었다.

이런 곳에 거울이.

콤팩트 타입의 거울은 뚜껑을 열어 거울을 세우도록 되어 있었다. 그런데 책상 위에 쌓인 먼지로 볼 때, 원래는 다른 방향으로 놓여 있었던 듯했다.

시로야마는 거울을 조금씩 움직여 먼지에 네모나게 자국이 남은 곳에 놓아보았다.

그 순간, 거울 속에 움직이는 그림자가 있어 또다시 흠칫했다.

가바시마의 상사, 다마다였다.

거울은 정확히 다마다의 움직임을 파악할 수 있는 위치에 놓여 있었다.

2층에는, 창문 근처에 회의며 작업을 위한 커다란 테이블이 있고 그것을 등진 자세로 둘러싸듯 팀원들의 책상이 놓여 있다. 그리고 다마다는 테이블 반대편, 팀원 전원의 등과 컴퓨터 화면이 보이는 위치에 앉아 있다. 가바시마의 책상 위 거울은 다마다의 움직임을 파악할 수 있게 놓여 있었다. 작은 거울이니 다마다는 알아차리기 어려울 것이다.

어째서 다마다를?

또다시 고개를 갸우뚱할 수밖에 없었다. 감시당하기만 하는 것은 싫다든지, 상사가 누구를 보는지 궁금하다든지, 이유야 여러 가지가 있겠지만.

거울을 보고, 스크랩을 본다.

다마다와 수도고속도로 공사가 관계있다는 뜻인가?

뭐가 뭔지 도무지 모르겠다.

거울 속에서 통화 중인 다마다를 본다.

몇 달 전 스카우트되어 왔는데 꽤 유능하다는 평판이었다.

멍하니 바라보는데 시야 끄트머리로 빨간 화살표가 보였다.

화살표?

자세히 보니 화살표는 거울에 비치는 머그잔 뒤쪽에 있었다.

빨간 화살표가 컵 뒤쪽에 사인펜으로 그려져 있다.

시로야마는 놀랐다.

이번에야말로 가바시마가 의도한 바를 알아차렸기 때문이다.

어째서 이렇게 책상 끄트머리에 머그잔을 놓아두었는지 의아했는데, 저 작은 거울을 원위치로 돌려놓았을 때 머그잔의 화살표가 보이게 하기 위해서였다.

그런 데까지 계산했다니.

시로야마는 식은땀이 솟는 것을 느끼면서도 화살표가 가리키는 곳으로 눈을 돌리지 않을 수 없었다.

화살표 끝에 있는 것.

책상 오른쪽에 작은 화분 두 개가 눈에 띄지 않게 놓여 있었다.

어린애 주먹만 한 크기의 검은 고무 화분이다. 팬지를 작게 만든 듯한 느낌의 아담한 꽃이 노랑과 보라 꽃잎을 벌리고 있다.

그런데 한쪽은 활짝 피어 있고, 다른 한쪽은 시들었다.

더욱이 시든 것도 기묘하게 시들었다. 피어 있는 꽃에 외줄기 길 같은 것이 나 그 부분만 불그스레하게 시들었다. 흡사 그곳에만 약품을 끼얹은 것 같다.

뜨거운 물이라도 끼얹었나.

그렇게 생각하며 꽃을 바라보던 시로야마는 시든 쪽 화분 앞에 검은 얼룩이 있는 것을 깨달았다.

이미 말라붙은 잉크 얼룩처럼 보이는 그것은 보아하니 커피 자국인 듯했다.

커피.

시로야마는 무심코 머그잔 속 커피에 시선을 던졌다.

아직 반 이상 남아 있다. 그리고 컵 바깥쪽에 커피가 흘러내린 자국이 있다.

순간 온몸이 경직되었다.

스스로도 어째서 그런 반응을 했는지 잘 알 수 없었다. 그러나 직감이 섬광처럼 뇌리를 스쳤다.

독.

커피에 독이 들어 있었다. 또는 그렇지 않을까 의심했다. 가바시마는 그것을 확인하려고 커피를 꽃에 끼얹은 것이다. 물론 열 때문인지 독 때문인지는 알 수 없지만 꽃은 시들어 변색되었다.

시로야마는 얼어붙은 사람처럼 머그잔의 커피와 바깥쪽 커피 자국, 그리고 화분 앞의 얼룩을 내려다보았다.

이유가 뭐가 됐든 가바시마가 커피를 화분에 끼얹었다는 것은 꽤 신빙성이 있는 추리라는 생각이 들었다.

독인가, 무슨 약품인가. 누가 그런 것을 머그잔에 넣었나.

망상에 불과하다고 생각하면서도 시든 꽃잎과 검은 얼룩을 보면 무심코 멈칫하게 된다.

여기서 대체 무슨 일이 벌어지고 있는 걸까.

가바시마에게 대체 무슨 일이 벌어진 걸까.

심장이 쿵쿵 뛰는 소리가 온몸에 울린다. 그 소리에 상공을 선회하는 헬리콥터 소리가 겹친다.

"……있잖아, 그거 들었어? 대법원장이 총 맞았대."

느닷없이 젊은 여자의 말소리가 들려왔다.

"세상에."

여러 사람의 비명이 터져 나왔다.

"이 근처인 모양이야. 어제 밤늦게 누구 관저에 있다가 총 맞아서 중태라는데."

"그래? 저 헬리콥터, 그거 때문이었구나."

"어머나, 몰랐어. 아침 뉴스에선 보도 안 됐는데."

"인터넷 뉴스에도 없었어."

"지금 기자회견 하고 있어. 아직도 의식을 못 찾았대."

"아휴, 무섭다."

순간 대화 내용이 머리에 들어오지 않아 이해하기까지 시간이 걸렸다.

심장이 쿵쿵 뛰는 소리.

그 소리와 겹치는 헬리콥터의 타타타타 소리.

별안간 머릿속에 상이 맺혔다.

이 근처인 모양이야. 어제 밤늦게 누구 관저에 있다가 총 맞아서 중태라는데.

시로야마는 저도 모르게 창밖을 돌아보았다.

어제 밤늦게. 방음벽 공사는 심야에서 아침까지.

어젯밤에는 저곳에 벽이 없었다.

이 건물은 지은 지 오래되어 높은 층도 창문이 열린다.

심야, 사무실의 어둠 속에서 꼼짝 않고 때를 기다리는 누군가. 창문을 열고 라이플총을 겨누는 누군가. 심야의 수도고속도로에는 많은 트럭이 속력을 내어 달린다. 총성을 들은 사람이 있었을지, 없었을지. 혼란에 빠진 관저에서 총알이 어디서 날아왔는지 조사하기까지 시간이 얼마나 걸렸을지. 밤중에 착착 순조롭게 진행된 방음벽 공사. 아침에는 벽이 원상태대로 도로 막혀 있다.

너무나도 사실적인 상상에 시로야마는 꼼짝하지 못했다.

망상이다. 그런 일이 일어날 리 없다. 이 평화로운 일상 속, 그런 일을 하는 사람이 이 사무실에 있을 리 없다.

그렇게 필사적으로 자신을 설득하면서도, 시로야마의 머릿속에서 창문 틈으로 총을 겨누는 사람은 어느새 다마다가 되어 있었다.

몇 달 전 직장을 옮겨 들어온 사람, 이 사무실에 잠입한, 전력을 잘 알 수 없는 사내.

설마 그런 일이 있을 리 없다. 무슨 할리우드 영화도 아니고. 그런 일이 일어날 리 없다.

그러나 머릿속에서는 내선 전화를 걸어온 가바시마의 목소리가 들린다.

밀러 씨가 변심하는 바람에 말이지.

밀러 씨. 미러, 거울 속 그림자. 거울 속에 있던 사람.

머릿속으로 되풀이하면서 시로야마는 느릿느릿 책상 밑에 쭈그리고 앉았다.

맨 처음 발견했던 목장갑. 목장갑의 의미를 알 듯했다.

때 탄 검지. 이건 분명······.

시로야마는 천천히 일어나 부드러운 빛을 던지는 달걀 같은 조명등을 보았다.

불을 켜놓았던 이유. 조명등을 주목해주기를 바랐던 이유.

살짝 고개를 기울여 조명등 뒤쪽을 들여다보았다.

과연 얇게 쌓인 먼지에 목장갑 손가락으로 쓴 글씨가 있었다.

S ← HELP ME K

순간 머릿속이 하얘지고 숨이 막혔다. 가슴이 답답하다.

시로야마는 눈을 감고 심호흡을 했다.

진정해라. 내가 진정하지 않으면 어쩌겠다는 거냐.

태평하게 하품하고는 "그럼 난 이만 총무부로 돌아갈까" 하고 누구에게랄 것 없이 중얼거렸다.

"어떻게 하죠? 한 번 더 전화해보겠습니다."

에토가 휴대전화를 귀에 갖다 댔다.

자신을 주시하는 다마다의 시선이 뚜렷이 의식되었으나 시로야마는 모르는 척했다.

얼마 동안 신호음을 듣고 있던 에토가 고개를 내저었다.

"안 됩니다. 음성사서함으로 연결되는데요."

"나도 걸어보지."

시로야마도 느긋한 어조로 말하며 자신의 휴대전화를 꺼냈다.

마른침을 삼키며 신호음을 들었다.

어디 있는 거냐, 가바시마. 신변에 위험을 느끼고 있는 거지? 혹시 누구에게 위협을 받아 회사 밖으로 끌려 나간 건 아니냐? 구조를 청할 겨를도 없어서 내게 내선 전화를 걸었던 건 아니냐? 벌써 누구에게 붙들린 건 아니냐?

음성사서함 서비스로 연결되었다.

시로야마는 애써 침착한 어조로 메시지를 녹음했다.

"나다, 시로야마. 연락 줘. 동창회 이야기, 도가시한테 전해놓으마."

기도하는 심정으로 전화를 끊었다. 가바시마가 이 메시지를 듣기를.

"그럼 나중에 다시 오지."

시로야마는 불안한 표정의 에토에게 고개를 끄덕여 보이고 걸음을 뗐다.

그래, 동창회다.

도가시한테 안부 전해달라고.

가바시마의 목소리.

도가시. 같은 연구실에 있던 도가시. 그래, 그 친구는 우리 학년에서 유일하게 경찰관이 됐다.

다마다의 눈초리가 등 뒤로 느껴졌지만 애써 알아차리지 못한 척했다. 진정해라. 마음에 걸리는 게 아무것도 없는 것처럼 여기에서 나가는 것이다.

복도로 나온 시로야마는 저도 모르게 한숨을 쉬었다. 다음 순간, 고개를 쳐들고 달렸다.

도가시에게 연락하자. 어디서부터 이야기하면 좋을지 알 수 없지만, 그 친구라면 분명 이 이야기를 믿어줄 것이다.

서둘러야 한다. 분명 아직 늦지 않았다.

머릿속 지도로 가장 가까운 경찰서의 위치를 찾았다. 장관 저격 사건 담당자를 불러달라고 해서 이 건물로 오게 한 다음 사진을 보여주며 이야기하자.

시로야마는 기도했다.

기다려라, 가바시마. 내가 꼭 구해주마.

운명이 변심하기 전에 반드시.

주사위 7의 눈

私 と 踊 っ て

살인적으로 붐비는 시부야 역 앞 스크램블 교차로를 건너, 화장품과 향수 냄새가 흘러나오는 세이부 백화점 앞을 지나, 신호등을 무시하고 짧은 횡단보도를 건너, 왼쪽으로 꺾어져 시부야 로프트 앞까지 오면 늘 뭔가가 생각날 것 같다.

그게 개업 당시부터 줄곧 점포 입구 앞에서 틀어놓는 가믈란 같은 음악 때문임을 바로 얼마 전에 깨달았다.

에코를 넣은 묘한 음계와 저음으로 딴따따딴딴, 딴따따딴딴 하는 북소리의 리듬을 듣다 보면 내게 중요한 어떤 것을 잊어버린 것 같아 기분이 몹시 울적해진다.

오늘도 스튜디오로 가려고 빠른 걸음으로 로프트 앞을 가로지르는데, 에코를 넣은 음계와 북소리 리듬이 몸속으로 뛰어들면서 어렸을 때 들었던 동화가 불현듯 생각났다.

대체 어디서 들었을까. 어린이회에서였나, 수련회 행사에서였나, 아니면 할머니 댁에서 어느 친척에게 들었을까.

유명한 동화다. 나무꾼이 샘물에 도끼를 빠뜨렸더니 샘의 정령이 나와 금도끼인지, 은도끼인지, 쇠도끼인지 고르라고 하는 이야기. '혀 잘린 참새일본의 대표적인 민담으로 흥부전과 유사함'와 같은 구조라고 생각했던 기억이 있다.

에이, 너 같으면 뭘 고르겠어?

잊어버리고 있던 중요한 일이란 게 이 동화인가 싶은데, 이게 그렇게 중요할 것 같지 않다. 분명 다른 것이리라. 어쨌거나 어서 스튜디오로 가자고 걸음을 서둘러 비탈길을 오른다.

오늘은 한 달에 한 번 있는 전략회의 날이다. 공개회의다 보니 저절로 긴장된다.

시내 패션몰 1층에 널찍한 유리벽 스튜디오가 있다. 네모난 테이블에는 여느 때와 같은 멤버가 모여 있었다. 밖에서는 이날을 기다렸던 사람들이 주르르 늘어서 기대 어린 눈길로 지켜보는 터라, 자연스레 자세를 똑바로 하고 사람들을 안심시키려 웃음을 띠게 된다.

나는 머리를 까닥 숙이며 자리에 앉고는 도민들에게 가장 신뢰감을 줄 것이라 여겨지는 표정으로 테이블 위에 손을 얹은 후 깍지를 꼈다.

부드러운 태도의 와카쓰키 교수, 다들 은밀히 '고용인 우두머리'라고 부르는, 몸집은 큰데 위압감이 없는 시로마 씨, 기품 있고 늘 씬한 고텐바 씨, 학술적이고 지적인 분위기를 풍기는 다다쓰 씨, 포동포동한 볼과 커다란 검은 눈이 누구에게나 친밀감을 주는 '어머니' 세노오 씨. 여기 있는 이들은 도민의 평균적인 의견을 대표하는, 도민의 양식良識이라 할 만한 사람들이다. 내가 그중 한 명이라는 사실이 무척 자랑스러웠다.

그런데 오늘은 뭔가가 달랐다.

여느 때와 같은 풍경에 딱 한 곳, 탁한 부분이 있다.

어디가 다른 걸까?

주위를 두리번거리던 내 시선은 테이블 구석에 앉은 낯선 젊은 여자에게서 멎었다.

이 여자는 누구지? 오늘 처음 보는데.

나는 여자를 관찰했다.

가지런히 자른 앞머리와 긴 생머리. 이목구비는 단정한데 어딘지 모르게 노 가면처럼 무기물적인 느낌이 든다.

회색 투피스 차림으로 흡사 그림자처럼 조용히 앉아 있다. 다른 양식 있는 분들과 비교했을 때 존재감이 전혀 없다. 자칫하면 그곳에 있는 것을 알아차리지 못할 것 같다.

"저, 저분은 누구시죠?"

나는 옆에 앉은 고텐바 씨에게 살짝 물었다.

고텐바 씨는 내 시선이 향한 곳을 보더니 놀라 눈을 휘둥그렇게 떴다.

"어머나, 놀라라. 저는 저런 곳에 저런 사람이 앉아 있는 것도 몰랐네요, 말씀을 듣기 전까지."

"지난달엔 없었죠?"

고텐바 씨는 눈살을 찌푸리며 고개를 끄덕였다.

"네, 처음 보는 얼굴인데요. 누가 불렀을까요? 저희는 양식 있는 시민의 대표인데, 저런 사람을 끼워도 되는 걸까요?"

"그러게 말이에요. 혹시 자막 같은 걸 넣는 스태프일지도 모르겠네요."

"아아, 네, 그러네요. 그럴 수도 있겠는데요."

여자는 수군수군하는 말소리에도, 시선에도 아랑곳하지 않고 고요히 앉아 있었다. 흡사 정말 그림자나 장식품 같았다.

천장의 조명에 불이 들어왔다. 텔레비전 카메라도 돌아가기 시작했다. 이 회의는 케이블 텔레비전으로 도민에게 생중계된다.

사회를 보는 디제이 오가와 씨가 우리를 둘러보고 가볍게 머리를 숙여 인사한다. 우리도 머리를 숙인다.

벽에 모니터가 여러 개 붙어 있어, 테이블을 둘러싸고 앉은 참가자의 얼굴을 한 명씩 비추고 있다.

온화하게 미소 짓는 다른 사람들의 얼굴. 침착한 내 얼굴. 그러나 그중에 웃지 않는, 그림자 같은 젊은 여자의 얼굴이 있다. 그곳만 모니터가 어두워 불길한 기운이 감돈다.

어쩐지 불쾌한 기분이 들었다.

어째서 저런 여자를 들여놓았을까. 누가 그녀를 택한 걸까.

양식 있는 우리의 회의가 더럽혀진 느낌이었다.

"자, 오늘 테마는 이것입니다. 괘종시계인가, 손목시계인가."

오가와 씨가 빙긋 웃으며 모니터에 뜬 의제를 가리킨다.

"손목시계는 좀 그렇지 않습니까?"

온화하게 말을 꺼낸 사람은 무테안경이 지적인 느낌을 주는 다다쓰 씨다.

"저번에도 테마로 나왔죠. 손목시계인가, 휴대전화인가, 였던가요. 그때는 휴대전화를 시계 대신 쓰는 건 바람직하지 않다, 휴대전화는 어디까지나 전화기로서 사용해야 한다는 결론이었는데요. 이번 테마는 그것과 대동소이하다고 할지, 테마로 삼기엔 좀."

"그렇지 않습니다. 휴대전화와 손목시계를 비교하는 것과 괘종시계와 손목시계를 비교하는 건 전혀 다르죠."

와카쓰키 교수가 반박하고 나섰다.

"휴대전화와 손목시계는 어디까지나 '휴대'한다는 성질에 주안점을 두는 것이니까 같은 시계로 보는 건 위험하다고 생각합니다. 괘종시계와 손목시계. 여기에 이르러 처음으로 '시계'라는 동일한 무대에서 겨루게 되는 거죠. 벽에 고정된, 늘 일정한 장소에 있는 시계와 손목에 찬 휴대용 시계. 이로써 비로소 문제가 명확해지는 겁니다."

와카쓰키 교수는 목소리가 좋다. 저 기분 좋고 귀를 상쾌하게 해주는 목소리를 들으면 마음이 차분해진다.

"저는 괘종시계인데요. 단연코 괘종시계입니다."

'고용인 우두머리' 시로마 씨가 커다란 몸집을 내밀며 단언하자 온화한 웃음소리가 일었다. 시로마 씨는 약간 덜렁대는 면과 기세 좋게 단언하는 버릇이 있어 분위기를 띄우는 역할을 한다.

"시로마 씨의 '단연코'가 등장했군요."

와카쓰키 교수가 놀리자 또다시 웃음소리가 일었다. 시로마 씨는 "아니, 뭐" 하며 머리를 긁적이면서도 여느 때와 같은 '시로마 타령'을 위세 좋게 시작했다.

"그게 그러니까 말이죠, 제가 어렸을 때부터 괘종시계 담당이었거든요. 그 왜 있잖습니까. 나비처럼 생긴 열쇠, 그걸로 괘종시계 태엽을 말이죠, 한 달에 한 번 감는 담당이었다 이 말입니다, 집에서. 그게 정말로, 증조할아버지가 가게를 열 때 개업 기념으로 사신 괘종시계였어요. 시계 유리에 개점 일자가 흰 페인트로 쓰여 있고 말이죠, 문 안쪽에 열쇠가 들어 있어서, 의자에 올라서서 태엽을 감는 게 즐거움이었죠. 괘종시계란 건 가족의 중심에 존재하게 마련입니다. 모두가 올려다보지, 섣달그믐이면 다 같이 새해가 되는 걸 시계를 보면서 기다리는데 이게 정말 얼마나 좋은지 모릅니다. 늘 그곳에 있는 확실한 존재, 그런 믿음직함, 안도감, 그런 걸 괘종시계는 상징하는 겁니다. 역시 괘종시계입니다."

"그러게요, 저도 괘종시계라고 생각해요."

세노오 씨가 포동포동한 얼굴에 웃음을 띠며 절묘하게 맞장구쳤다.

"괘종시계는 종을 치잖아요? 삼십 분에 한 번씩, 댕 하고. 바쁜 주부에게는 그게 리듬이 된답니다. 아침부터 가족을 위해 눈코 뜰 새 없이 바쁘게 집안일을 하다보면 어느새 저녁이죠. 그렇지만 괘종시계가 종을 치면 생활에 리듬이 생기거든요, 규칙적으로 움직일 수 있게도 되고요. 규칙적인 생활, 이게 기본 아니겠어요? 손목시계는 약간 사치스러운 느낌이죠. 어째서 그렇게 비싼 시계를 차야 하는 건지, 전 그게 늘 이해가 되지 않더군요. 좋은 시계를 차고 있으면 남들도 갖고 싶어지잖아요? 안 보면 갖고 싶어질 일이 없죠. 그런 비싼 걸 차고 있으니까 남이 가진 물건이 탐나서 물건을 빼앗고 비행을 저지르게 되는 거거든요. 이건 역시 손목시계라 그런 거예요."

세노오 씨는 고텐바 씨에게 "안 그런가요?" 하며 동의를 구한다.

물론 고텐바 씨도 힘차게 고개를 끄덕인다. 유리창 밖에서도 두 사람과 같은 연배의, 아이가 있는 여자들이 같이 고개를 끄덕인다. 맞아요, 단연코 괘종시계예요, 하고 소곤거리는 소리가 들린다.

그래, 그래. 오늘도 회의는 올바른 방향으로 순조롭게 나아가고 있다.

나는 만족했다.

그런데 그때 다다쓰 씨가 약간 난처한 표정을 지었다.

"어째 괘종시계가 우세한 것 같습니다만, 저는 손목시계에 한 표 던지고 싶은데요."

"어머나, 다다쓰 씨, 웬일이세요?"

고텐바 씨가 놀리듯 웃으며 말한다.

물론 이런 회의에는 반대 의견도 필요하다. 나는 관대한 웃음을 지으며 다다쓰 씨의 말에 귀를 기울였다.

"그렇잖습니까, 시간을 몸에 지닌다는 게 멋지지 않나요? 장인의 기술과 미의식이 집결된 손목시계도 많이 있죠. 그건 인류 예지의 결정체 아니겠습니까? 그런 걸 부정한다는 건 어쩐지 쓸쓸하군요."

"어머나, '시간을 몸에 지니다'니 낭만적인 표현이네요. 다다쓰 선생님이 그런 낭만주의자이신 줄 몰랐는데요."

고텐바 씨가 요염한 웃음을 짓자 다다쓰 씨가 겸연쩍어했다.

"물론 시계의 가치나 생김새에 정신이 팔려 도둑질을 한다든지 분수에 맞지 않는 걸 가지려고 하는 건 언어도단입니다. 하지만 장인의 기술에 찬사를 바치고 오래된 세공에 감탄하는 건, 물건을 소중히 여긴다든지 기술의 진보라는 측면에서 나쁜 일은 아니지 않을까 싶다는 말이죠. 전 그런 걸 멋지다고 생각하는 마음을 아이들이 가졌으면 좋겠습니다."

"그러게요, 물건을 소중히 여기고 기술을 존중하는 마음은 중요하죠. 저도 그 말씀에는 찬성이에요."

세노오 씨가 즉각 맞장구를 친다.

"그렇지만 역시 가정의 기본은 괘종시계 아닐까요? 집에 괘종시계가 있으면 가족 모두가 시간을 공유하는 중요성을 실감할 수 있다고 생각해요. 인간의 기본은 가정이니까요. 각자 손목시계를 갖는다는 건 어쩐지 쓸쓸하다는 생각이 듭니다. 무엇보다도 손목시계가 그렇게 많으면 아깝지 않나요?"

그래, 맞아, 기본은 가정이지.

맞아, 아까워, 아깝고말고.

소곤소곤 동의하는 말이 오가고, 모두가 서로의 미소를 확인한다.

마음속에 기쁨이 솟아올랐다.

양식 있는 우리는 여느 때처럼 양식 있는 결론에 도달하려 하고 있다. 나는 이 순간이, 다 함께 올바른 판단을 공유하는 이 순간이 참 좋다.

"어느 쪽이든 상관없지 않나요? 괘종시계든 손목시계든. 둘 다 갖고 있어서 안 될 게 뭐가 있고, 손목시계를 여러 개 갖고 있어서 안 될 게 뭐가 있다는 거죠?"

갑자기 차갑고 감정 없는 목소리가 들려왔다.

모두의 얼굴에 찬물을 뒤집어쓴 듯한 표정이 떠올랐다. 그러나 곧 표정을 가다듬으며 동시에 침착함이 결여된 시선으로 주위를 두리번거렸다.

방금 그 말은 누구 발언이지?

문득 테이블 구석에 있는 그림자 같은 여자가 눈에 띄었다.

설마 이 여자 목소리였나? 그런 눈치는 전혀 없이, 잠자코 앉아 있는 이 젊고 무표정한 여자가 말했나?

다들 당황했다. 고텐바 씨가 난처한 상황에서 우리를 도와주려는 듯 큰 소리로 말했다.

"유라쿠 정에 음악을 연주하는 괘종시계가 있잖아요? 한 시간에 한 번씩 작은 인형들이 괘종시계에서 나와 멋진 음악을 연주하는 시계. 그곳은 사람들의 약속 장소로 이용되죠. 괘종시계는 그렇게 사람들의 마음을 하나로 모으는 힘이 있다고 생각해요. 모두가 같은 걸 보며 한곳에 모인다는 게 근사하지 않나요?"

모두가 미소를 지으며 고개를 끄덕인다.

맞는 말이다. 모두가 똑같은 것을 보고 똑같이 느끼며 모인다는 것은 멋진 일이다.

그런데 날카로운 칼처럼 차가운 목소리가 또다시 우리의 평화에 찬물을 끼얹었다.

"어째서 양자택일을 해야 하나요? 어째서 둘 다 선택하면 안 되는 거죠? 모두가 똑같은 걸 본다고 똑같이 느낀다는 법은 없지 않을까요? 그런 거, 부자연스럽지 않나요?"

스튜디오 바깥이 술렁거린다. 테이블을 둘러싼 사람들의 얼굴에도 작은 불안감이 피어오른다. 뭐지, 이 표정은? 의혹, 불안, 의심. 나는 그런 일그러진 표정이 싫다. 설마 이 스튜디오에서 이런 표정을 보게 될 줄이야.

나도 모르게 입을 열었다.

"안 됩니다."

위엄 있는, 사람들을 안심시키는 목소리로 소리쳤다.

"멋대로 하는 행동은 용납되지 않습니다. 여러분, 어렸을 때를 떠올려보십시오. 간식이나 장난감은 늘 둘 중에서 하나를 골라야 하지 않았던가요? 선택한다는 건 자주성을 기르는 일입니다. 망설이고 또 망설이다가 둘 다 갖는다는 건 용납되지 않았잖습니까? 역시 모든 건 명확하게 둘 중 하나로 좁혀야죠. 선택함으로써 판단력도 길러집니다. 우유부단함은 좋지 못해요. 인간은 무수한 선택 가능성 중 하나를 고름으로써 진보하는 겁니다. 우리는 괘종시계 아니면 손목시계, 둘 중 하나를 선택해야 합니다. 저번에는 손목시계를 선택했죠, 휴대전화가 아니라. 그 판단을 모두가 자랑스럽게 생각하지 않았나요? 결단을 내릴 수 있었던 우리, 선택할 수 있었던 우리, 그게 양식 있는 시민이고, 양식 있는 생활이 아니겠습니까? 안 그런가요?"

나는 내 목소리가 얼마나 강력한지 안다.

사람들의 눈은 순식간에 빛을 되찾는다. 내 목소리에 힘을 얻어 스튜디오 안팎에서 힘차게 고개를 끄덕이는 사람들을 보고 나는 만족한다.

"어이없어서."

또다시, 이번에는 명확히 비웃는 목소리가 스튜디오에 차갑게 울려 퍼졌다.

"이거 보세요, 충치가 생기니까 과자를 하나만 먹으라는 것하고 용도에 따라 괘종시계와 손목시계를 구분해서 쓰자는 것하고 어째서 같은 논점에서 이야기하려는 거죠? 우유부단이나 단정이나 둘 다 똑같이 민폐라고 생각하는데요."

어느새 모든 모니터가 어둡고 무표정한 두 눈을 비추고 있었다. 미소도, 양식도 없는 차갑고 무기물적인 젊은 여자의 눈만 비추고 있다.

사람들은 패닉을 일으켰다. 모두가 표정을 일그러뜨리고 불안스레 테이블 구석의 여자를 바라보고 있다.

나는 울컥했다.

대체 이 여자는 무슨 자격으로, 무슨 권리가 있어서 우리 회의에 쳐들어와 우리의 양식 있는 판단을 훼방 놓는 건가.

사람들의 얼굴을 이렇게 추하게 만들어서 뭐가 즐겁다는 말인가.

거센 노여움이 치밀었다.

"어이! 넌 대체 누구지? 애초에 이 회의에 너 같은 인간이 참가한다는 이야기는 못 들었는데. 무슨 권리로 우리 회의를 방해하는 거야?"

목소리가 떨리는 게 느껴졌다. 사람들을 평화로운 사회생활로 인도하는 이 중요한 회의를 망쳤다는 굴욕감이 온몸을 뒤흔들었다.

젊은 여자는 그래도 그림자처럼 그곳에 앉아 있었다.

조금 전까지는 존재감이 전혀 없었건만, 지금은 그녀가 있는 곳에서 비롯된 어두운 그림자가 차츰차츰 스튜디오 전체에 번져 사람들을 불안에 빠뜨리는 것을 알겠다.

나는 조바심이 났다. 이 여자로부터 우리 생활을 지켜야 한다.

사람들의 불안이 잔물결처럼 밀려든다. 방금 전까지 희망과 밝은 빛으로 가득했던 사람들의 얼굴에 어두운 그림자가 전염되어 간다.

아아, 이게 아닌데. 결단코 이런 게 아닌데.

별안간 여자가 테이블 위에 작은 어떤 것을 던졌다.

모두가 흠칫 놀라 테이블 위를 내려다보았다.

조그만 주사위가 뒹굴고 있었다.

어째서 주사위를?

사람들이 주사위를 빤히 주목한다.

"아시는지? 주사위의 윗면에 나온 눈과 가려져서 보이지 않는 밑면의 눈을 합치면 7이 된답니다."

젊은 여자는 재미있다는 듯 말했다.

"주사위 눈은 1부터 6까지만 있는데 말이죠. 하지만 주사위엔 늘 보이지 않는 7의 그림자가 들러붙어 있어요."

여자는 차가운 눈으로 나를 흘깃 보았다.

"그리고 저는 보이지 않는 7의 나라에서 왔답니다."

모니터가 물렁하게 일그러진 것처럼 보였다.

이자는. 이 여자는.

여자는 슥 일어서더니 투피스 윗주머니에서 흰 종이를 꺼내 폈다.

"사이토 에이이치. 프로파간다 법 위반으로 너를 체포한다."

비명이 터져 나오고, 테이블에 착석해 있던 사람들이 공포에 얼굴을 일그러뜨리며 일어섰다.

머릿속이 하얘졌다.

설마 프로파간다 감시국에게 찍혔을 줄이야. 어째서 내 행위가 프로파간다라는 건가? 이렇게 양식 있는, 사람들에게 평화를 주는 이 회의가?

"우리는 선동 행위를 용납하지 않는다. 항상 양자택일을 강요해 사람들의 사고 능력을 정지 상태로 몰아넣고 양자택일이 불가능한 것을 모조리 부정하는 단순함을 선동한 죄목으로 너를 체포한다."

여자의 손안에서 은색 고리가 흐릿하게 빛나고 있었다.

스튜디오의 밝은 조명이 은색 고리를 비추는 것이다.

어째서지? 이렇게 알기 쉽고 이렇게 사람들이 기뻐하는 행위가 어째서 죄가 된다는 말인가?

사람들이 비명을 지르며 우왕좌왕 도망치기 시작했다.

모니터가 부서지고, 스튜디오 유리벽이 깨지고, 밖에서 스튜디오를 둘러싸고 있던 사람들도 알아들을 수 없는 비명을 지르며 달아난다.

어째서지? 사람들은 선택하기를 원한다. 흑백을 명확히 가려 이름표를 붙이고 안심하고 싶어한다. 납득하고 싶어한다. 모두가 바라는 마음의 평안을 주는데 뭐가 잘못이라는 말인가?

　머릿속에서 시부야 로프트의 가믈란 음색이 들린다.
　금도끼, 은도끼, 쇠도끼.
　그러고 보니 어린 시절 나는 끝내 어느 것을 고를지 정하지 못했
었다.

충고

私と踊って

변명

私 と 踊 っ て

작고 고풍스러운 방이다.

천장은 높고 흰 회반죽을 발랐다. 오래되기는 했어도 만듦새에
서 구석구석 신경 쓴 티가 난다. 천장 구석을 지나는 페인트칠을
한 낡은 배관을 봐도 쇼와1926-1989 초기 건물이 아닐까 싶다. 살풍
경하지만 청결감이 느껴지는 분위기에서 학교 또는 주민회관 같은
공적인 용도로 사용되었으리라는 것을 알 수 있다.

방은 기름하고, 정면에 대략 30센티미터 높이의 무대가 있다. 판
자가 낡기는 했어도 튼튼해 보인다. 한복판 언저리, 아마도 사람들
이 가장 많이 섰을 위치가 거무스름하게 변색되었고 눈에 띄게 닳
았다.

작은 무대다. 어른 다섯 명이 서면 비좁고 답답한 인상을 줄 크
기다.

하기야 객석에 해당되는 부분도 그리 넓지 않다. 이쪽도 어른이 스무 명 들어가면 꽉 찰 것이다.

객석에는 파이프 의자가 열 개가량 대충 놓여 있다. 무대 중앙에도 파이프 의자 하나가 객석을 향해 놓여 있다.

있는 것은 그게 다다.

사람들이 하나둘씩 들어왔다. 다들 어딘지 모르게 얼굴에서 개성이 느껴지는 중년 남녀다. 그들은 목소리를 낮추고 소곤소곤 무슨 말을 주고받으며 객석에 앉았다.

낮은 목소리로 조용히 이야기하는 그들의 표정이 편안한 것을 보면 이제부터 상연될 작품은 마음 편히 볼 수 있는 종류인 것 같다.

거품 같은 소곤소곤 말소리가, 불현듯 생각난 것처럼 여기저기서 솟았다가 꺼진다.

대체 언제 시작하는 거지? 모두가 의아하게 생각하기 시작했을 무렵, 별안간 검은 옷을 입은 남자 둘이 들어와 큰 창문을 암막으로 가렸다. 암막을 치는 좍 소리에 관객들이 잡담을 중단하고 자세를 고쳐 앉는다.

방이 어두워지고 에헴 하는 나지막한 헛기침 소리가 몇 번 이어진 뒤, 주위가 쥐 죽은 듯 고요해졌다.

무대 옆에서 또각또각 발소리가 들려왔다.

방구석에 있던 검은 옷을 입은 진행요원이 바닥에 세운 고풍스러운 조명을 켜 무대를 비춘다.

무대 위의 의자가 환히 밝아졌다.

젊은 여자가 서류 봉투를 안고 단상으로 올라와 당혹한 표정으로 중앙에 서더니 머리를 꾸벅 숙였다.

"늦어서 죄송합니다. 여기까지 이렇게 시간이 걸릴 줄 몰랐어요. 죄송합니다. 오래 기다리셨죠."

머뭇거리며 말하더니 주뼛주뼛 의자에 앉는다.

여자는 긴장하고 있었다. 표정은 아직 앳되고 화장기도 거의 없다. 소녀라 해도 될 것 같다.

어깨까지 내려오는 검은 단발머리가 신선한 인상을 준다.

감색 정장 투피스와 흰 블라우스. 어떻게 봐도 구직 활동 중인 학생이다.

여자는 침착하지 못하고 객석을 두리번거렸으나 아무런 반응도 없자 당혹한 표정으로 머리를 긁적였다.

"저기, 죄송합니다. 제가 아직 상황을 잘 파악하지 못해서요. 여러분이 이것저것 질문하셔서 당시 상황을 본인이 직접 설명하라는 말을 듣고 왔는데, 워낙 갑작스런 일이라 준비를 못 했거든요. 요령부득인 부분이 있을 수도 있지만 일단 설명해보겠습니다. 잘 부탁드려요."

여자는 그렇게 말하고는 또다시 고개를 꾸벅 숙였다.

객석이 술렁거렸다. 그 술렁거림에는 놀람과 기대, 곤혹과 불만이 조금씩 섞여 있었다.

그것을 감지했는지 여자의 표정이 더욱 긴장되었다.

"저, 그날은 아주 무더운 날이었어요."

여자는 침을 꿀꺽 삼키고 이야기를 시작했다.

"해가 아주 쨍쨍했던 건 아닌데 유난히 푹푹 쪄서 걷기만 해도 땀범벅이 됐죠. 그것도 아주 끈적거리고 불쾌한 땀이었어요. 몸이 너무 무겁고 힘들었어요."

그렇게 말하더니 퍼뜩 생각난 것처럼 자신의 차림새를 내려다본다.

"네, 이 옷을 입고 있었어요. 구직 활동 중이었거든요. 익숙지 않은 면접용 복장이었죠. 펌프스도 원래 별로 좋아하지 않았고, 투피스란 건 역시 덥더군요."

여자는 자신이 신은 검정 펌프스를 물끄러미 내려다보고 재킷 옷깃을 어루만졌다.

"……이젠 입을 기회도 없지만요."

혼잣말처럼 중얼거리더니 흠칫 놀라 고개를 들었다.

"죄송합니다. 그날 이야기를 하는 중이었죠."

살짝 웃고는 기억을 더듬는 표정을 지었다.

"신주쿠 역 서쪽을 걷고 있었어요. 고층 빌딩 숲 사이를요. 아스팔트에 반사되는 햇빛이 얼마나 세던지. 그날은 오전 중에 한 곳에 갔다가 오후에 두 곳 더 들를 예정이었어요. 마음이 급했거든요. 원래는 회사들을 방문한다는 생각은 해보지도 않았으니까요. 정보

수집도 전혀 안 했고, 학교 다니면서부터 아르바이트했던 극단을 그냥 다닐 생각이었어요. 회사 다니는 게 제 적성에 맞을 것 같지도 않았고요. 그 시점에 전 이미 한참 뒤처져 있었던 거예요. 친구들은 다들 대학교 3학년 때부터 맘잡고 구직 활동을 했는데요. 허둥지둥 방문 약속 잡고, 옷 사고, 회사의 사업 내용도 잘 모르는 채로 찾아다니는 저 같은 게……."

젊은 여자는 쓴웃음을 지었다. 앳된 얼굴에 순간 무척 찰나적이고 어두운 그림자가 떠올라 관객이 흠칫하는 것을 알 수 있었다.

"그런데 오전 중에 갔던 회사가 느낌이 아주 안 좋았던 거예요. 뭐, 저쪽 입장에선 제가 멍청하고 요령 없는 학생이었겠지만요. 안내가 영 불친절해선 그저 널따란 건물 안을 여기저기 끌고 다니기만 하고, 담당자는 무표정하고 말이죠. 무슨 회사였는지 벌써 잊어버렸네요. 어느 제조업체의 자회사인 소프트웨어 회사였나, 그럴걸요."

여자는 천천히 얼굴을 들어 천장의 한 지점을 응시했다.

크게 뜬 눈이 반짝반짝 빛난다.

아니, 눈은 천장이 아니라 지나간 과거 어느 날을 올려다보는 듯했다.

"딱 한 곳 갔을 뿐인데 지칠 대로 지치고 굉장히 우울했어요. 오후에 두 곳이나 더 가야 하다니, 생각만 해도 까무러칠 것 같았죠."

여자의 눈은 허공의 한 지점에 고정되어 있다.

"그렇지만 취직하기로 한 이상 어딘가에는 채용되어야 하죠. 특기가 있는 것도 아니고, 성격이 매력적인 것도 아니고, 연줄이 있는 것도 아니에요. 채용되는 사람이랑 안 되는 사람이 있다면 전 물론 안 되는 쪽이에요. 그 점은 저도 잘 알고 있던 터라 어떻게든 기분 전환을 해서 오후 스케줄에 임해야겠다고 생각했어요. 어디서 점심을 먹고 기운을 내야겠다 싶었죠. 전날 밤 하도 긴장해서 잠을 설치는 바람에 늦잠을 자느라 아무것도 못 먹었거든요."

여자는 배에 손을 갖다 댔다. 무의식중에 취한 행동인 듯했다.

"마침 점심시간이라 어디를 가나 자리가 없었어요. 어디나 회사원들로 만원이었죠. 활기가 가득하고, 스피드가 넘치고. 학생 신분에서 직장인을 바라보면 스피드가 넘치더군요. 다들 그저 점심을 먹는 것뿐인데 압도돼서 말이에요. 다들 저렇게 취직해서 일하고 있구나 생각하니까, 이도 저도 아닌 처지에서 어설픈 구직 활동을 하는 제가 너무너무 비참하게 느껴져서 가게에 도저히 못 들어가겠지 뭐예요. 난 저 속에 못 낄 게 틀림없다, 직장인이 될 수 없다 싶어서요."

작은 한숨.

"얼마나 비참했는지 몰라요. 세상에 달랑 저 혼자뿐인 것 같았죠. 저만 세상에서 소외된 느낌이었어요."

기묘한 웃음이 떠오른다.

"편의점에서 빵이라도 사야지 했는데, 편의점 계산대도 붐비는 거예요. 바깥까지 줄을 섰을 정도로. 나처럼 느려 터진 인간은 점심도 못 먹는구나 싶어 점점 더 비참해져서, 그나마 한산한 자동판매기에서 캔 커피를 사는 게 고작이었어요."

여자의 손가락이 움직이고 있었다.

자동판매기의 버튼을 누르는 모양이다.

"어디 앉아서 커피를 마실 만한 데가 없나 찾아봤어요."

얼굴을 천천히 움직인다.

반짝반짝 빛나며 홀린 것처럼 어딘가를 바라보는 눈.

여자는 천천히 일어섰다.

기이한 일이 벌어졌다.

여자의 눈을 보는 사이에 주위가 밝아진 것이다.

거리의 소음이 잔물결처럼 밀려들었다.

객석에서 탄성이 일었다.

신주쿠 역 서쪽의 지하도. 열기를 머금은 바람. 환한 오후의 거리를 빠른 걸음으로 지나치는 직장인들. 잠깐 쉬려고 하는 이, 서둘러 거래처로 가는 이, 밖에서 먹으려고 조그만 도시락 꾸러미를 들고 나온 여자 사무원들.

여자가 보는 풍경이 관객들에게도 임장감 넘치게 느껴진다.

과거 여자가 보았던 풍경, 그녀가 마지막 날 본 광경이.

"빠끔히 트인 밝은 공간이 눈앞에 있었어요. 생각지도 못한 장소였죠. 건물들 사이에 이런 곳이 있다니."

환한 햇살.

부드러운 소음.

"인공 연못이 있고, 분수가 있었어요. 햇빛을 받아 아름다웠어요. 물방울이 반짝반짝 빛났어요."

시원한 물보라.

공중에 춤추는 물방울이 빛을 반사한다.

햇살은 여자의 머리에도 닿았다. 검은 머리의 윤곽이 빛의 색으로 부옇게 흐려지고, 뺨에 난 솜털까지 밝게 빛난다.

"기분 좋은 곳이었어요. 우울했던 것도 잊고 얼마 동안 분수의 반짝이는 부분을 바라봤어요. 자세히 보니까 분수 주위에 앉을 수 있게 돼 있어서, 저 말고도 도시락을 먹는 여자 사무원과 담배를 피우며 서류를 체크하는 회사원이 앉아 있었어요. 그렇게 혼잡하지는 않아서 느긋한 분위기가 감돌았어요. 여기라면 내가 앉아 있어도 되겠다, 그런 생각이 들었어요."

여자는 두세 발짝 나아가 살며시 앉았다.

의자에, 아니, 분수 가에.

여자는 생긋 미소를 짓고는 눈을 감고 빛을 향해 얼굴을 들었다.

"정말 기분 좋았어요. 앉은 순간 뿌리를 내린 것 같았죠. 앉았을 때 팔다리가 슥 차가워지고 무거워지는 느낌이었어요. 몸이 땅속으로 가라앉는 듯한 착각이 들었어요. 상상 이상으로 피곤했구나 싶었어요."

두 손, 두 발을 본다.

"그때 알아차렸어야 했는데요. 내내 상태가 좋았고, 약만 가까이 두고 지내면 발작은 일어나지 않을 거다. 어른도 됐으니 체력도 붙었겠다, 이제 괜찮을 거다. 그렇게 철석같이 믿고 있었지 뭐예요."

쓸쓸한 웃음.

"생각해보면 당시 계속 무리를 하고 있었어요. 극단 공연도 얼마 안 남아서 준비하느라 매일 밤늦게까지 뛰어다녔고, 구직 활동을 시작하면서 수면 시간이 더 확 줄어서, 한 삼 주 가까이 제대로 쉬지도 못했어요. 그렇지만 젊으니까 이쯤은 괜찮을 거라고 생각했던 거예요. 극단에 있다 보면 스태프 중에 에너지가 넘치는 사람이 많답니다. 혼자서 몇 사람 몫을 일하는 건 당연해요. 그런데 제일 어린 제가 쉴 순 없었어요. 어렸을 때부터 몸이 약해서 다른 애들이랑 같이 활동할 수 없었던 적이 많았던 터라, 이번엔 다르다, 어른이 됐으니까 이젠 정말 같이 노력해야 한다고, 그렇게 생각했어요."

두 손을 꼼짝 않고 들여다본다.

"소도구 담당이었어요. 의상도 약간. 손재주가 있다는 게 그나마 제 쓸 만한 점이었던 터라 열심히 작업에 몰두했죠. 특히 이번 공연은 시대극이었기 때문에 의상이랑 소도구 제작하기가 얼마나 힘들었는지 몰라요. 집 안도 소품으로 발 디딜 틈이 없었어요. 공연 때까지 완성할 수 있을지 불안해질 지경이었지만, 제가 도움이 된다고 생각하니까 행복했어요."

침묵.

이윽고 겸연쩍게 살짝 웃는다.

"네, 도움이 되고 싶었어요. 극단을 위해서도 그랬지만…… 어떤 한 사람을 위해서도 그랬어요."

보일 듯 말 듯 뺨을 붉힌다.

"아니, 그런 건 아니에요. 그런 특별한 관계는 아니었어요. 나이도 부모 자식만큼 차이가 많이 났고, 절 딸처럼 귀여워해주셔서 자주 밥을 사주시곤 했어요."

갑자기 말을 멈추고 눈을 내리깐다.

"네, 결코 특별한 관계가 아니었어요. 뭐라고 하는 사람도 있었지만, 저희는 절대 양심에 거리낄 일은 하지 않았어요."

단호한 어조에서 분한 감정이 어렴풋이 느껴졌다.

침묵.

얼마 있다가 그녀는 고개를 쳐들었다.

"양심에 거리낄 일은 하지 않았어요. 저랑 선생님 사이엔 아무 일도 없었어요. 그렇지만 제가 선생님을 사모했던 것, 아니, 분명히 말해서 사랑했던 건 사실이에요. 지금도 선생님을 사랑했던 걸 후회하지 않고, 그때 제 감정에 관해 거짓말을 할 생각도 없어요. 끝내 말로 표현하진 못했지만 선생님도 눈치는 채고 계셨다고 생각해요. 제가 자만하는 걸 수도 있지만요."

자조 섞인 작은 웃음소리.

"물론 선생님께 부인이 계신다는 건 알고 있었어요. 유명한 여배우에 아주 미인이신 사모님. 여러 번 본 적이 있어요. 멋진 분이더군요. 그래요, 저랑 비교하다니 터무니없는 일이죠."

허둥지둥 손사래를 친다.

"저는 손재주가 조금 있을 뿐인 평범한 여자애. 선생님도 제가 스태프라서 말을 걸어주시고 밥을 사주시는 것뿐. 저도 알아요. 그렇지만, 그렇지만, 속으로 생각하는 건 자유잖아요? 제가 선생님을 좋아한다고 누구한테 폐를 끼치는 것도 아니다, 혼자 멋대로 좋아하는 건 상관없지 않나, 그렇게 저 자신을 타일렀어요."

몸을 바르르 떨듯 호흡하고는 살짝 미간을 찡그리며 가슴을 붙들었다.

"그렇지만 사람은 참 제멋대로죠. 말을 주고받고, 마주 보고 식사를 몇 번 하고 나니까 점점 욕심이 커져요. 좀 더 같이 있고 싶다, 좀 더 목소리를 듣고 싶다. 좀 더, 좀 더. 참아야지 해도 참을 수 없어요. 집에서 의상을 만들다가도 갑자기 안절부절못하겠어요. 당장 달려가서 눈앞에 서 있는 선생님을 만나고 싶어서요."

어깨가 떨렸다.

그녀는 눈물을 글썽이고 코를 훌쩍였다.

"응석이죠. 저도 알아요. 그렇지만 어쩔 수 없어요. 좋아하니까. 보고 싶었어요, 어떻게든. 조금이라도 오래 같이 있고 싶었어요."

크게 뜬 눈에서 눈물이 흘렀다.

"차츰 소문이 퍼졌어요."

여자는 눈물을 닦으려 하지도 않고 이야기를 계속했다.

"수군수군 이야기하다가 제가 나타나면 뚝 그치는 게 몇 번 이어지면서 아아, 나랑 선생님 이야기를 하는구나, 하고 깨달았어요."

무릎 위에 놓인 손을 꽉 부르쥔다.

"저한테 대놓고 말하는 사람은 없었고, 전 성실하게 일하고 있던 터라 뭐라 말을 듣지도 않았어요. 그렇지만 저를 흘끔거리는 시선에서 불쾌한 느낌을 받았어요. 굴욕적이었어요. 선생님께도 죄송했고요."

움켜쥔 주먹이 바들바들 떨린다.

"네, 사모님이 뭐라 하신다는 이야기는 못 들었어요. 결국 옆에서 끼어든 사람은 선생님과 사모님의 공통되는 친구분이신 여배우였어요. 그래요, 누구나 다 아는 유명 여배우."

그녀는 애써 자신을 억누르려 하는 것 같았지만, 눈에는 어두운 분노의 빛이 떠올라 앳돼 보이던 표정에 그늘을 드리웠다.

"아뇨, 쓸데없는 소리는 전혀 안 했어요. 그저 갑자기 저한테 오더니 이번 공연이 끝나면 극단을 그만두라고 딱 잘라 말하더군요. 전 어안이 벙벙해서 처음엔 무슨 말을 들었는지도 잘 이해가 되지 않았어요. 그때까지 이야기해본 적도 없는 데다, 그분은 저희 극단이랑 아무 관련도 없거든요. 예전에 객연한 적이 있다고 들었지만, 인사 문제에 간섭할 권리는 없을 텐데요. 그런데 느닷없이 다가와

서 극단을 그만두라고, 이유는 저도 알 거라고. 다른 스태프도 놀란 표정이었어요. 그 사람이 느닷없이 사무소로 찾아와서 저한테 단도직입으로 그런 말을 하리란 건 아무도 예상 못 했을걸요."

또다시 눈물이 흘렀다. 그녀는 분한 듯 주먹으로 눈물을 훔쳤다.

"갑자기 나타나서 저한테 그렇게 통고하곤, 그 사람은 그걸로 이야기는 끝이라는 듯 바로 가버렸어요. 남은 스태프랑 제가 얼마나 어색했을지 상상이 되세요? 아무도 저한테 말을 걸지 못했고, 저도 다른 사람들 얼굴을 차마 볼 수 없었어요. 결국 작업도 못 끝내고 집에 가는 수밖에 없었어요."

여자는 코를 훌쩍 들이마신 다음 크게 한숨을 쉬었다.

울어서 퉁퉁 부은 눈으로 공중을 살며시 올려다본다.

"제가 뭘 어쩔 수 있었겠어요?"

노여움이 사라지고 멍한 표정이 떠올랐다.

"무시하고 계속 눌러앉는 방법도 있었을지 모르지만, 그럼 선생님께 누가 됐을 거예요. 그렇게 남들 앞에서 딱 잘라서 말했는데 얼렁뚱땅 넘어가는 것도 이상하고 말이에요."

힘이 빠진다.

"스태프 사이에도 이번 공연이 끝나면 제가 그만둔다는 게 마치 기정사실처럼 서서히 굳어져갔어요. 그게 도저히 거부할 수 없는 압력으로 작용해서 전 구직 활동을 시작할 수밖에 없었어요."

여자는 갑자기 기묘한 표정으로 얼굴을 일그러뜨렸다.

자신이 얼굴을 일그러뜨린 것도 의식하지 못하는 듯 보였다.

"진짜 이게 마지막 공연이 되는 걸까. 그만두고 싶지 않은데. 그만두면 선생님 곁에 있을 이유가 정말로 없어지고 마는데. 선생님 곁을 떠나기 싫은데. 하지만 다들 내가 그만둘 거라고 생각하고 있어. 다들 그렇게 생각해서 벌써 새 아르바이트까지 구해놨어."

별안간 여자가 몸을 앞으로 숙였다.

가슴을 부여잡는다. 호흡이 약간 불규칙하다.

"그만두고 싶지 않아!"

비통한 부르짖음에 관객이 일제히 몸을 움찔한다.

"그만두고 싶지 않아."

여자의 안색은 새파랬다.

"어쩌면 마지막이 될지도 모르는 공연, 분명 마지막이 될 공연을 위해 전 필사적으로 작업을 계속했어요. 밤을 새워 의상을 꿰매고, 배우들이 신을 조리를 준비하고, 소도구를 만들었어요. 잠을 잘 수 없었어요. 쉴 수도 없었어요. 잠시라도 손을 놓으면 극단을 그만둔 다음의 저 자신이 떠올랐어요. 허무감과 상실감으로 넋이 나간 저 자신이 보이는 것 같았어요. 무서웠어요. 너무너무 두려웠어요."

무척 길고 큰 한숨.

주위는 무시무시하리만큼 고요하다.

여자는 맥없이 주위를 둘러보더니 자신이 무대에 있음을 그제야 기억한 것처럼 '아아' 하는 표정을 지었다. 가슴을 부여잡고 소리

없이 숨을 헐떡인다.

"……그래서 저는."

간신히 입을 열어 쥐어짜듯 중얼거린다.

"발작이 일어났다는 걸 깨닫는 게 늦어지고 말았어요."

토막토막 끊어지는 낮은 목소리는 젊은 여자라기보다 노파 같다.

"생각에 너무 몰두한 나머지 손발이 그렇게 찬 게 무슨 뜻인지, 몸이 가라앉는 것처럼 무거운 게 어떤 신호인지 깨닫는 게 늦어진 거예요. 중학생 때는 발작을 자주 일으켰는데, 그때는 발작이 일어나기 전에 몸이 미리 알려주곤 했어요. 어렸을 때는 '시작된다' 그랬대요. 발작이 일어날 거란 낌새를 무의식중에 챘던 거죠. 그렇지만 그때 전 알아차리지 못했어요. 자기가 발작을 일으키기 직전이라는 걸, 그것도 전에 없이 큰 발작을 일으키기 직전이라는 걸."

여자는 허공을 향해 느릿느릿 손을 뻗었다.

"비로소 알아차렸을 때는 호흡이 정지하려는 찰나였어요. 숨이 잘 쉬어지지 않는다는 걸 깨닫고 전 패닉을 일으켰어요. 머릿속이 하얘져서 약을 꺼낼 생각도 못 했어요."

여자는 의자에 앉은 채 몸을 내밀어 손을 뻗는다.

손가락은 부자연스러우리만큼 새하얗고, 쫙 편 손바닥은 기이하리만큼 커 보였다.

"약! 그래요, 약이에요. 전 늘 약을 갖고 다녔어요."

그녀는 정신이 든 것처럼 몸 여기저기를 뒤지기 시작했다.

"약을 먹으면 괜찮아요. 곧바로 약효가 나타나서 이 고통스러운 상태에서 해방시켜줄 거예요. 그래, 약이야! 어서 약을!"

여자의 동작이 딱 그쳤다.

관객도 숨을 삼킨다.

여자는 눈도 깜박이지 않고 휘둥그렇게 뜬 채 어딘가를 뚫어지게 바라보았다.

순식간에 얼굴이 경악과 공포로 일그러진다.

"……약이 없어."

목소리에 절망감이 서려 있다.

"지금 나한테 약이 없어."

쉰 목소리.

"그래요, 그날 아침 전 늦잠을 잤어요. 아침도 안 먹고 황급히 면접용 정장으로 갈아입고 평소엔 안 쓰는 구직 활동용 숄더백이랑 서류 봉투를 들고 뛰쳐나왔거든요. 늘 들고 다니는, 약이 든 파우치가 들어 있는 토트백이 아니라."

무서운 침묵.

"약이 안 든, 쓴 적이 거의 없는 숄더백을."

여자는 동작을 멈춘 채 허공을 꼼짝 않고 응시한다.

기나긴 침묵.

객석도 입을 다물고 움직이지 않는다.

"하여간 난 바보야. 역시 난 직장 생활에 안 맞아."

여자는 불분명하게 중얼거렸다.

"그게 제가 마지막으로 한 생각이었어요."

침묵.

후, 하는 한숨이 여자와 객석에서 동시에 흘러나왔다.

덜컥덜컥 소리와 더불어 관객들이 자세를 고쳐 앉는다.

여자도 어깨를 잡으며 허리를 곧게 펴고 고쳐 앉았다.

회장 전체에 한숨을 돌린 듯한 분위기가 감돈다.

"음, 이게 그날 있었던 일이에요. 어떠신지요? 이제 이해되시겠어요?"

여자는 대답을 구하듯 주뼛주뼛 주위를 둘러보며 머리를 긁적였다.

"그렇게 복잡한 이야기는 아니에요. 제가 화를 내고 있었다느니 울고 있었다느니 웃고 있었다느니, 사람들이 목격한 게 다 달라서 어떻게 된 일인지 궁금해하신다는 말은 들었지만, 그저 지금까지 있던 일을 생각하고 있었던 것뿐. 전 감정 상태가 쉽게 변하는 편인 데다 스스로 제어할 수 없을 때가 있거든요. 그냥 그뿐이에요."

변명하듯 두 팔을 벌린다.

"이제 됐을까요?"

여자는 방구석에 있는 진행 요원에게 묻는 듯했다.

"저런, 벌써 시간이 이렇게 됐나요. 그만 가야겠어요."

손목시계를 보고 황급히 일어선다.

불현듯 생각난 것처럼 객석을 보고 머리를 꾸벅 숙였다.

"어째 두서없는 이야기였죠. 죄송합니다."

떠나야 할지, 좀 더 설명해야 할지 망설이는 것 같다.

"저, 다른 분들께도 말씀 잘 전해주세요. 그럼 이만 실례하겠습니다."

그녀는 서툰 걸음걸이로 무대에서 내려와 익숙지 않은 펌프스로 또각또각 발소리를 내며 빠른 걸음으로 방에서 나갔다.

아무도 없는 무대.

밝은 조명이 텅 빈 의자를 비춘다.

어중간한 침묵 뒤 띄엄띄엄 박수 소리가 일었다.

건성으로 치는 무관심한 박수.

진행 요원이 요란한 소리를 내며 암막을 걷는다.

모든 것을 일상으로 되돌려놓는 자연광이 방 안 가득 쏟아진다.

곳곳에서 하품하고 기지개를 켜며 남녀가 일어선다. 덜걱덜걱 의자 움직이는 소리가 겹친다.

"어떻게 생각해? 저 정도면 되는 건가?"

"너무 아마추어스러운 거 아냐?"

"그것도 '맛'이란 거 아니겠어?"

"결말이 딱 떨어지지 않지."

관객들은 나지막이 무책임한 대화를 주고받으며 삼삼오오 방에서 나간다.

진행 요원들은 무대에서 의자를 내려 객석의 의자와 함께 정리하기 시작했다.

솜씨 좋게 의자를 겹쳐 밖으로 내가고 미닫이문을 꽉 닫는다.

이제 아무도 없었다.

무대도, 방도 텅 비었다.

남은 것은 언제 끝날지 알 수 없는 정적뿐이다.

소녀계 만다라

私 と 踊 っ て

오늘도 세계는 움직이고 있다.

천천히. 조금씩. 몰래. 아무도 예상할 수 없는 형태로.

학교에 가는데 예상 위원회 여자애들이 네거리 점을 봐주는 아주머니와 진지한 표정으로 이야기하고 있었다. 분명 오늘 있는 곳을 점치는 것이리라. 그들에게는 그게 가장 큰 관심사이거니와, 매일 온갖 요소를 상자에 집어넣고 뭔가 그럴싸한 제비가 뽑히지 않을까 기대하는 게 즐거움이다.

그렇지만 왜 그렇게 열광적으로 '그녀'가 있는 곳을 예상해야 하는 걸까. 나는 그것을 잘 모르겠다. 이 세계 어딘가에 '그녀'가 있다. 그것만으로 충분하지 않나. 그것만으로 무척 행복하고 안심되지 않나.

어쩌면 오늘은 바로 근처에 있을 수도 있고, 아주 먼 곳에 있을 수도 있다. 내일은 벽 너머에 있을 수도 있다. 그렇게 생각하는 편이 훨씬 가슴 설레고 스릴 있지 않나.

그렇지만 그들의 주장으로는 '그렇게 매일 있는 곳이 달라지니까 이럴까저럴까 추리하는 게 재미있는 거 아냐?'인 모양이다.

"안녕."

기리코가 하늘에서 내려왔다.

"어머, 안녕."

위를 올려다보니 모퉁이 건물 2층이 천천히 이동하는 중이었다. 기리코는 벽을 잃고 노출된 실내에서 뛰어내린 것이다. 안은 지난주 내내 행방불명이었던 사와이 문방구다. 기리코는 잼싸게 그것을 발견하고 공책 두 권을 사놓은 것이다. 사와이 문방구는 천천히 평행 이동하더니 밑에서 밀려 올라온 신발 가게와 들러붙어 도로 속이 보이지 않게 된 채 어디론가 가버렸다.

"날씨 참 좋지. 오늘도 알 수 없는 세계가 근사한걸."

"응. 그렇지만 이젠 슬슬 지학 수업도 받고 싶어. 요새 계속 화학이랑 한문만 왔잖아. 한문은 벌써 교과서 삼분의 이나 진도를 나갔단 말이야. 지학은 아직 두 번밖에 안 했는데."

"셀로 물어볼까? 우노 선생님께."

"그러자."

기리코는 행동이 꽤나 대담하다. 주머니에서 셀을 꺼내 지학을 가르치는 우노 선생님에게 걸었다. "여보세요." 선생님이 곧바로 받았다. "안녕하세요, 선생님. 선생님 교실은 지금 어디 있어요? 저희 이번 학기에 선생님 수업을 아직 두 번밖에 못 들었는데요."

"어머, 그래? 어쩌지, 지금 우리 교실, 동쪽 곶에 와 있는데."

나와 기리코는 놀라 마주 보았다.

"동쪽 곶이라고요? 그렇게 멀리 계세요? 어째서 그렇게……."

"이번 달은 직진 이동이 유난히 많네. 그 덕분에 교과서가 바닷바람에 너덜너덜해졌지 뭐야. 그렇지만 며칠 전부터 조금씩 돌아가는 중이니까 열흘쯤 있으면 센터로 복귀할 수 있을 것 같거든. 다음에 만날 때 시험 볼 테니까 예습해두렴."

"엥, 시험은 싫어요."

"그건 그렇고 정원사 기쿠타 씨, 혹시 못 봤니? 교실에 있는 제라늄이 바닷바람에 상했거든. 혹시 어디서 보면 나한테 셀 좀 걸어달라고 전해줄래?"

"네, 그럴게요."

셀을 끊고 나와 기리코는 나지막이 한숨을 쉬었다.

"지학 수업은 당분간 무리겠어."

우리는 느린 속도로 이동하는 육교 밑을 지나 저 앞에 우뚝 솟은 학교 군群에 눈길을 주었다.

거대한 흰색 블록을 쌓아 만든 장난감 성 같은 학교는 환한 햇살

아래 흡사 땅에서 솟아오른 네모난 거품처럼 보인다.

오늘은 꼭 커다란 추상화를 보는 것 같다.

"사흘 새 모양이 꽤나 달라졌네."

"그러게 말이야. 얼마 동안 위로 쭉쭉 뻗은 적이 있었잖아? 그때는 교실이 너무 높은 곳에 있으니까 무섭더라."

"반동인지 이번엔 어째 옆으로 퍼지지 않았어?"

"맞아."

지금도 눈앞에서 학교 군이 조금씩 모양을 바꿔간다. 무수한 흰 상자들이 서로 반응해 피했다가 연결되었다가 쫓아갔다가 하며 살아 있는 생물처럼 변화한다. 이어져 있을 동안에야 괜찮지만, 이따금 고립된 교실이 먼 곳으로 흘러가버릴 때도 있다. 보아하니 지학 교실도 그런 것 같다. 너무 멀리 떨어지면 그때도 반동으로 돌아온다.

기본적으로 학교 군은 독자적으로 한 덩어리를 이룬다. 그렇지만 가끔 '합병'이라는 현상이 일어나는데, 그럴 때 상업 시설과 뒤섞이기라도 했다간 여간 큰일이 아니다. 그것도 이내 자연히 분리되지만.

구체적인 형태로 보일 때가 있는가 하면 추상적인 의장意匠 같을 때도 있다. 악몽 같은 디자인의 출현에 정신적 불안을 호소하는 사람이 속출하기도 하지만, 그래도 세계는 움직이고 있으며 아무도 예상할 수 없다는 게 중요하다.

그렇기에 다들 예상하는 것이리라.

방의 위치, 교실의 위치, 도서관 안마당이 다음번 나올 날짜까지.
그리고 '그녀'가 있는 곳도.

어쨌거나 정해진 시간표는 있는지라 그에 맞춰 수업을 받으려고
노력하지만, 해당되는 교실이 꼭 근처에 있다는 법이 없으므로 수
업 시작 시간이면 아무 교실에나 들어가야 한다.

1교시 역사 수업은 무사히 교실을 찾을 수 있었다. 역사 교실은
왜 그런지 이동을 별로 하지 않고 근처를 얼쩡거리는 경향이 있기
때문이다.

수업을 받는데 창밖이 점점 어두워졌다. 커다란 뭔가가 교실 주
위로 접근하는 것이다.

"헉, 이런 것도 있어?"

누가 창밖을 보고 소리쳤다.

거대한 범선이었다. 항구에 정박되어 박물관으로 사용하던 배가
섞여 들었나 보다.

"어째 현실 같지 않은 광경인걸."

우리는(선생님도 함께) 부쩍부쩍 다가오는 범선을 올려다보았다.
이렇게 보니 배라는 게 참 크다. 평소에는 정박된 상태만 보는 터
라 흘수선 밑으로 이렇게 큰 덩어리가 있는 줄 몰랐다.

"저거 어떻게 되는 걸까?"

"자연스레 분리되겠지. 저렇게 생겼는데."

수업이 끝날 즈음 범선은 조금 떨어진 도로를 따라 나아가고 있었다. 도로가 흡사 강이나 운하 같다.

밖으로 나갈 때마다 풍경이 달라진다. 세계는 움직인다. 세계는 예상하는 게 불가능하다. 세계는 고정되지 않았다. 이 세상에 변하지 않는 것은 없다.

기리코, 마사코와 셋이서 학교를 나섰다.

나무들이 서서히 다가왔다.

공원이 온 것이다. 예상 위원회 여자애들이 공원 정자 테이블을 둘러싸고 여전히 예상을 하고 있다.

"지금쯤 후지타 백화점 언저리 아닐까?"

"아니, 학교 군 음악실 옆이 수상해."

"변두리 신사 부근은 어때? 거기 자주 나오는걸. 기록을 봐도 지금까지 세 번이나 나왔어."

"나온다, 나온다 하지 마. 무슨 유령 같잖아. 신사보다 이나리 사당 아닐까? 모양도 비슷하겠다."

싫증나지도 않는지 지도를 잔뜩 펴놓고 비교하고 있다.

물론 이곳에서 보통 지도는 쓸모가 없다. 매주 발행되는 것은 어디까지나 '예상 지도'다. 그들은 전에 나온 '예상 지도'를 모아놓고 변화 경향을 예측한다. 그들에게 '예상 지도'는 보물이다. 마치 고문서처럼 지금까지 나온 지도를 보관해놓았다는 것 같다.

시민 공원과 아동 공원이 들러붙어 커다란 숲이 나타났다. 개가 달려가고 아이가 공을 쫓아간다.

저녁노을에 뭔가가 반짝 빛났다.

공원 너머에 금빛 물체가 보였다.

"앗!"

심장이 덜컥 내려앉았다. 우리는 얼어붙은 것처럼 멈춰 서서 마주 보았다.

설마. 설마. 저게 정말로.

우리는 환호성을 지르며 달려갔다.

공원 음수대 뒤로 솟아나오는 그것은 분명 소문으로만 들었던 금빛 상자였다. 그리고 그 안에…….

쿵덕쿵덕 심장 뛰는 소리를 들으며 우리는 금빛 상자 뒤로 돌았다. 그곳에는…….

"어?"

홍조된 얼굴로 기대에 차 들여다본 상자 안은 텅 비어 있었다.

온몸에서 힘이 쭉 빠졌다.

"비어 있네."

"여기가 아닌 거야?"

우리는 포기할 수 없다는 듯 안을 들여다보았다.

"그렇지만 이것도 만다라야. 크기는 다다미 넉 장 반. 빨간 방석도 있고, 방도 파란색으로 칠했잖아."

눈앞에 있는 아담한 방이 '그녀'가 있는 곳 중 하나라는 것은 분명했다.

'그녀'에게는 이런 방이 아주 많이 있고, 크기도 큰 것부터 작은 것까지 다양하다고 한다. 이것은 작은 쪽일 것이다.

"에이, 아까워라."

"그렇지만 나, 만다라 처음 봤어. 멀리 있는 걸 본 적은 있지만 이렇게 가까이서 안을 본 건 처음이야."

"들어가면 어떻게 될까?"

"뭐?"

나는 움찔했다.

기리코도 참, 하여간 터무니없는 소리를 한다니까.

"못 들어갈걸. 이러다 쑥 가라앉아버렸다간 무섭잖아."

"그렇지만 여기 들어가서 기다리다 보면 만날 수 있지 않겠어? 안 그래?"

우리는 놀라 기리코를 보았다.

들어간다고? 여기에? 들어가서 기다려? '그녀'를?

"어디 한번 해볼까?"

기리코는 진심으로 방 안에 놓인 방석에 앉을 기세였다. 나와 마사코는 허둥지둥 말렸다. 어쩐지 무척 무서운, 불경한 일처럼 느껴졌기 때문이다.

"하지 말자."

"우리 그만 가."

나와 마사코가 잇따라 그렇게 말하는 바람에 기리코는 마지못해 포기했다. 그녀는 아쉬움이 남는 듯 만다라를 바라보았으나, 만다라는 이윽고 공원 밑으로 꺼지듯 사라졌다. 우리는 안도했다.

세계는 언제나 움직이고 있다. 그리고 움직이는 이 세계 어딘가에 '그녀'도 있다. 우리가 모르는 곳에. 바로 근처에. 또는 먼 곳에.

나는 홀로 집으로 가며 조금 전 기리코가 만다라에 들어가려 했을 때 느꼈던 두려움을 생각했다.

왜 그랬을까. 어째서 그때 그렇게 무서웠을까. 기리코가 들어가려 한 순간 몸이 오싹했다. 만다라란 무엇일까. 왜 '그녀'는 그런 곳에 있는 걸까.

주택 군은 그래도 많이 움직이지 않게 해놓는다. 매일 집까지 가지 못했다가는 큰일이기 때문이다. 그래도 다소 움직인다. 옆집이 이동하고 없는 일 따위 비일비재하거니와, 다른 집과 포개진다든지 마당이 늘어나기도 한다.

이게 전부 늘 똑같은 곳에 있어 늘 똑같은 곳으로 돌아간다면 어떨까.

상상해보았다가 풋 하고 웃음을 터뜨렸다.

그런 따분한 생활 따위 도저히 못 견딜 것 같다. 늘 그곳에 있다는 것을 알고 있다니 난센스가 따로 없다.

그렇지만 그런 말을 했더니 엄마가 "옛날엔 그랬단다"라고 대답하는 바람에 까무러치게 놀랐다.

"옛날엔 물건이 움직이지 않았어. 전부 늘 똑같은 곳에 있었고 똑같은 상태였어."

말도 안 돼. 어떻게 그런 일이 있을 수 있어? 다들 안 지겨웠대?

나는 당연히 그렇게 물었다. 엄마는 어깨를 살짝 으쓱했다.

"하지만 사실이야. 다들 맨날 똑같은 곳에 있고, 밖을 다니지 않고 안에만 틀어박혀 지내는 사람들뿐이던 시대가 있었다더라. 아무것도 낳지 못하는 사회가 확산되면서 사람들이 위기감을 느꼈어. 그래서 세계 쪽을 움직이기로 한 거야. 세계가 움직이면 안에 있는 인간도 움직일 수밖에 없잖아? 덕분에 다시 활력 있는 사회가 됐단다."

저런, 믿기지 않는걸. 움직이지 않는 세계라니.

그럼 만다라는? '그녀'는 어디서 온 거야?

"글쎄, 세계를 움직이기로 했을 때 '그녀'가 오는 것도 정해졌어. '그녀'는 움직이는 세계의 상징이거든. '그녀'가 이 세계 여기저기에 무작위로 나타나니까 세계가 움직이고 있다는 안도감을 얻을 수 있는 거야."

안심감. 그래, 안심감이다. 기리코가 만다라에 들어가려 했을 때 느낀 것은 그게 깨질 것이라는 두려움이었다.

석양이 거리를 비춘다.

멀리 금빛 상자가 또 떠올라 있었다. 반짝반짝 신비로운 빛을 발한다. 만다라 상자. 저 안에는 '그녀'가 있을까.

별안간 의문이 떠올랐다.

진짜 있는 걸까.

어떻게 생겼을까.

'그녀'는 누구지? 어떻게 세계를 움직이는 거야?

문득 만다라 상자 안을 한 번 더 보고 싶어졌다. 멀리 떠 있는 상자를 향해 달려간다.

그런데 꼭 하필이면 이런 때 길은 덤벼들지, 공원은 밀려오지, 아이스크림 가게며 잡화점이 나타나지, 덕분에 상자가 이쪽으로 좀처럼 다가오지 못한다.

나는 뛰었다. 움직이는 세계를 달려갔다.

하지만 석양이 지는 것과 더불어 금빛 상자도 빠른 속도로 가라앉는다.

기다려. '그녀'를 만나고 싶어.

나는 죽을힘을 다해 뛰었다. 마지막으로 이렇게 열심히 뛴 게 언제인지 기억나지도 않을 만큼.

그러나 겨우 다다랐을 때는 이미 발치에 금빛 상자의 천장만 네모나게 떠 있을 뿐이었다. 그마저도 순식간에 사라져버렸다.

낙심했지만 동시에 어쩐지 안도감이 느껴졌다.

잘된 거야.

나는 땅속으로 사라지는 금빛 천장을 보며 스스로 타일렀다.

잔광이 세계를 붉게 물들였다.

붉은색과 주황색의 그러데이션 속에 시시각각 형태를 바꾸는 세계가 펼쳐져 있다.

살아 있는 생물처럼. 예상 불가능한 형태로 변모해가는 세계가.

그래, 이것도 분명히 '그녀' 덕분이겠지. '그녀'가 세계를 움직이는 거야. 만다라는 세계를 움직이는 톱니바퀴 같은 걸지도 몰라.

아니면 룰렛처럼 '그녀'가 기분 내키는 대로 금빛 상자에 뛰어들어
세계를 움직이는 걸지도.

아동 공원의 숲이 또 이쪽으로 오는 게 보였다. 그 너머로 상자
를 쌓아 올린 모양의 슈퍼마켓이 환한 조명을 밝히며 유조차처럼
이동해온다.
이게 우리가 바란 세계란 말이지.
그때 그림자 같은 의문이 떠올랐다.

하지만 모든 게 움직이는 세계는 모든 게 움직이지 않는 세계와
어떻게 다른 걸까. 실은 똑같은 게 아닐까. 나라는 한 점이 이동하
느냐 아니냐이니까, 내가 움직이고 있느냐 가만있느냐 하는 점에
서는 결국 마찬가지가 아닐까.

그때 발밑에서 갑자기 커다란 금빛 상자가 솟아올랐다.
"어?"
나는 소리쳤다.
이제껏 처음 보는 거대한 만다라.
그것이 눈 깜짝할 새 내 앞에 솟아났다.
게다가 안에서 섬광이 비쳐 나도 모르게 눈을 가렸다.

너무나도 눈부신 빛.

거대한 상자에서 사방팔방으로 빛이 흘러나온다.
설마 이 안에 '그녀'가?
나는 눈을 슴벅거리며 빛 속을 뚫어지게 응시했다.
누가 있었다.
역광 속에 거대한 그림자가 보인다.

너는 누구지?

그곳에 있는 그림자를 유심히 살펴본 나는 너무나도 끔찍한 그 모
습에 긴긴 비명을 질렀으나, 내 비명을 들은 사람은 아무도 없었다.

협력

私と踊って

'언제나 고마워 여기 조은 집 침대 꽃무늬 쿠션 맘에 들어 가능하면 매일 닥 가슴살 조아 부탁 사료 별로 사실은 시러 매일 닥 가슴살로'

머리맡에서 편지를 발견했을 때, 여자는 가슴이 뛰었다.

고양이 코코가 야옹 하고 날카롭게 울며 코로 편지를 여자 쪽으로 밀어냈다.

역시 그렇구나.

여자는 편지를 앞치마 주머니에 감추었다가 부엌 구석에서 몰래 펴보았다.

그 안에서 서툰 문장을 발견했을 때 느낀 놀라움, 흥분이란.

소문이 사실이었다. 한 달쯤 전 이 부근 주택가에 유에프오가 와서 수수께끼의 빛을 쐰 애완동물들이 인간 수준의 지성을 획득했다는 소문이었다. 한 블록 떨어진 집에서는 주인의 위험을 알아차린 개가 쓴 편지 덕분에 주인이 가까스로 위기를 모면했다고 한다. 글쎄, 주인의 아내가 동네 다른 남자와 바람이 나 가짜로 강도극을 꾸미려 했는데, 개가 계획을 간파한 것이다. 신문에서 기사를 읽었을 때는 반신반의했지만, 비슷한 일이 사방에서 벌어져 사람들도 사실로 받아들일 수밖에 없었다.

우리 집 코코도 빛을 쐬었구나. 원래부터 아주 똑똑한 고양이다. 코코도 주인인 내게 뭔가를 가르쳐주려는 게 틀림없다.

여자는 이어서 편지를 읽었다.

'그런데 남편 바람피워 당신 없음 여자 와 당신 야근 맨날 딴 여자'

관자놀이에 피가 솟구쳤다.

역시. 역시 코코가 보고 있었구나.

야간 근무를 마치고 집에 돌아왔더니 탈취 스프레이 냄새가 희미하게 남아 있을 때가 있었다. 향수 냄새를 없애려는 게 아니었을까. 그밖에도 수상한 점이 몇 가지 있었다. 야간 근무하러 가다가 두고 온 게 있어 집으로 돌아갔더니 남편이 옷을 갈아입고 있었다. 외출할 때 입는 비싼 셔츠로. 누구 만날 준비를 한 것이었다.

갑자기 눈물이 왈칵 쏟아졌다.

용서할 수 없다. 내가 살기 어린 야간 응급 병원에서 파김치가 되도록 눈코 뜰 새 없이 일하는 동안 다른 여자를 집에 끌어들이다니.

여자는 무서운 눈빛으로 입술을 깨물었다.

이어서 편지를 읽는다.

'남편 여자 거 마당 묻어 가끔 꺼내서 혼자 보아 즐거워 보여 마당 장미 아래 감춰 노아'

여자들 뭐를 어쨌다고?

또다시 머리에 피가 솟구쳤다. 노여움에 뺨이 화끈 달아올랐다.

지난주 남편 방을 뒤집어엎은 것을 들켰나. 바람피운다는 증거가 혹시 없을까 해서 뒤졌는데, 아무것도 찾지 못했다. 그래, 일부러 마당에 묻었다는 말이지. 그렇다면 발견 못 할 만도 하다.

"고마워, 코코."

여자는 털을 고르며 자기를 올려다보는 코코에게 고개를 끄덕였다.

코코가 야옹 하고 울었다.

여자는 어두워진 마당으로 나와 장미 나무 주위를 살펴보았다.

조그만 손전등 불빛 속에 최근 땅을 팠던 흔적이 보였다.

"여기구나."

여자는 정신없이 땅을 파기 시작했다.

얼마 동안 팠더니 작은 상자가 나왔다.

여자들 뭐를 어쨌다고? 대체 뭘 감춰놓은 거야?

여자는 상자를 열었다.

"……무슨 일 있었습니까?"

남자는 자기 집 주위에 모인 사람들을 보고 창백해져 머뭇머뭇
물었다.

사람들은 남자를 보고 흠칫해서는 "아아" 하고 탄식하며 저마다
소리쳤다.

"어이, 남편이 돌아왔어."

"딱하기도 하지."

"폭발음이 들려서 나와봤더니 부인이 쓰러져 있지 뭔가. 마당에
도둑이라도 있었나, 총이 폭발한 모양이야."

"어떻게 그런……. 그, 그럼 아내는?"

동네 사람들은 남자의 시선을 피하며 힘없이 고개를 가로저었다.

"이 댁 남편분이십니까?"

마당에 있던 경관이 남자를 향해 다가왔다.

"아, 네."

"부인 일은 유감입니다. 부인께서 마당에 총을 묻어놓으신 모양
이군요. 그걸 꺼내려다가 폭발한 것 같습니다."

남자는 혼란에 빠진 듯했다.

"네? 아내가 총을 갖고 있었단 말은 금시초문입니다만."

"보아하니 암거래로 사신 것 같더군요. 그걸 마당 구석에 감춰놨
겠죠."

"저, 전 까맣게 몰랐습니다. 아내는 간호사였는데……."

"그렇습니까. 사실은 총이 들어 있던 상자에 약물도 소량 있었습

니다.”

“아내는 마약 같은 걸 할 사람이 아닙니다.”

“간호사는 중노동이니 말이죠.”

“힘들게 야간 근무하느라 마약 같은 걸 할 겨를은⋯⋯.”

와들와들 떨리는 남자의 어깨를 경관은 위로하듯 가볍게 토닥였다.

“기운 내십시오. 내일 현장 검증을 한 번 더 할 테니까 테이프 안쪽으로 들어가지 마시고요.”

“아, 아내를 만날 수 있습니까?”

“부검하러 보냈으니 그게 끝난 뒤에 가능합니다. 말씀드리기 뭐합니다만, 머리통이 날아가 몰골이 말이 아니라 말이죠. 이삼 일은 무리일 겁니다.”

남자는 마당에 둘러친 노란 테이프를 힘없이 바라보았다.

“자네 괜찮아? 우리 집에 오겠나? 아니면 같이 있어줘?”

옆집 남자가 딱하다는 듯 남자에게 말했다.

넋이 나가 있던 남자는 그제야 겨우 정신이 든 듯 “아니, 괜찮네. 혼자 있고 싶군. 고마워” 하고 맥없이 대답했다.

누구나 남자의 어깨를 두드리며 “내가 도울 게 있으면 말해줘”라고 했다.

모여 있던 사람들도 한두 명씩 사라지고 이윽고 남자 혼자 남았다. 남자는 크게 한숨을 쉬고 느릿느릿 집 안으로 들어갔다.

"나 왔어."

문을 탁 닫고 잠갔다.

안에서 고양이 코코가 경쾌한 발걸음으로 달려 나왔다.

입에 편지를 물었다.

"잘했다, 코코."

코코의 입에서 편지를 받아들고, 머리를 쓰다듬어주고, 목을 간질여주었다. 코코는 목을 가르랑거렸다.

남자는 빙긋 웃으며 말했다.

"계획대로 됐어."

남자는 편지를 펴보았다. 코코가 아내에게 쓴 편지. 미리 장치해놓은 총이 폭발한 뒤, 코코가 아내의 앞치마 주머니에서 꺼내 집안에 숨겨놓았다.

남자는 테이블 위 재떨이에 편지를 놓고 라이터로 불을 붙였다. 편지는 활활 타올라 한 줌의 재로 변해갔다.

코코는 익숙한 동작으로 펜을 입에 물어 메모지에 썼다.

'사랑해 드디어 둘 됐어'

"그러게. 정말 드디어 우리 둘만 있게 됐지."

남자는 코코를 품에 안고 황홀하게 얼굴을 비벼댔다. 코코도 어리광부리듯 야옹 하고 운다.

코코가 말할 수 있게 되어 사랑을 고백한 그때부터 두 사람의 계획은 시작되었다. 이렇게 우아하고 아름다운 연인이 있으면, 인간 여자 따위 두 사람의 사랑을 방해하는 존재일 뿐이다.

"자, 우리 저녁 먹을까."

남자는 냉장고에서 닭 가슴살을 꺼냈다.

오해

私 と 踊 っ て

발치에서 기척이 느껴졌다.

반사적으로 시선을 돌리자 동물 전용 캐리어 가방을 들고 지나가는 남자의 하반신이 보였다. 남자가 든 가방의, 플라스틱 망을 붙인 창이 얼핏 눈에 들어왔는데, 거뭇한 털만 보이고 개인지 고양이인지 잘 알 수 없었다.

동물은 캐리어에 들어가는 게 싫은 모양이다. 저렇게 좁은 데다 상하좌우로 흔들리니 그럴 만도 하다. 전에 신칸센에서 옆자리에 앉은 승객이 들고 있던 캐리어 속의 개는 내릴 때까지 애처롭기 그지없는 소리로 두 시간 내내 낑낑거렸다. 그에 비해 이 개인지 고양이인지는 훈련을 잘 받은 것 같다. 캐리어 안에 얌전히 들어가 있다.

그런 생각을 하며 카운터 위 책으로 시선을 되돌렸다가, 도로에

면한 유리창 밖을 지나가는 사람들을 바라보고 있노라니 어디서 공사하는지 낮은 단속음이 들려왔다.

유리창 앞 카운터 자리, 오른쪽 옆에 앉은 남자는 IT 관련인 듯한 참고서를 보고 있다. 왼손으로 찌지 다발을 만지작거리고 오른손에 든 샤프를 연신 돌리는 게 눈에 들어온다. 시험공부 중일까.

그때 반대쪽, 한 자리 건너 왼쪽 옆으로 남자가 다가와 스툴에 털썩 걸터앉았다. 앉기 무섭게 노트북과 책을 편다. 노트북 화면을 향해 줄곧 뭐라 혼잣말을 하는 것 같아 신경 쓰인다. 나는 이런 가게에서 주위 손님들이 신경 쓰이는 성격이다.

타타타.

자세히 들어보면 창유리가 어렴풋이 진동하는 것을 알겠다.

무슨 공사일까. 예전만 해도 회계연도 말이면 예산을 쓰기 위해 곳곳에서 도로를 파헤치곤 했는데, 요새는 그런 사치가 용납되지 않는지 좀처럼 볼 수 없다.

창밖을 보니 가게 앞 도로에 주황색 비닐 막을 네모나게 쳐놓았다. 그 안에 한 명, 바깥쪽에 한 명, 인부가 보인다. 소리는 그곳에서 나는 것 같다. 전화 공사일까.

문득 전에 본 영화에서 공사하는 소리가 타이프라이터 소리를 연상시키면서 과거 회상 장면으로 이어졌던 게 생각났다. 그 타이프라이터는 a 키가 고장 나서 다 친 다음 종이에 a를 일일이 손으로 써야 했다는 게 이야기의 복선이었던가.

디브이디 대여점에 인접한 커피숍.

주변 입지는 어느 쪽인가 하면 사무실 밀집 지역인데, 휴일인데도 불구하고 그런 대로 붐빈다.

등 뒤 테이블 자리에서 아까부터 영어로 이야기하고 있다. 일본인 여자와 서양인 남자. 둘 다 목에 아이디카드를 건 것을 보면 직장 동료인 모양이다.

그때 누가 등 뒤를 지나가는 기척이 났다. 여자 둘 같다.

대화가 들렸다.

"동창회 안내장 왔어?"

"두 살 아래 여동생한테는 왔던데."

"앗, 그래?"

놀라 멈춰 서는 게 느껴졌다. 목소리 톤에 무심코 돌아보았다.

충격을 받아 파랗게 질린 여자와 당혹해서 상대방을 보는 여자. 둘 다 서른 살쯤 됐을까. 어디에나 있을 법한 직장인 풍의 여자들이었다.

마주 보고 서 있던 두 여자가 다시 걸음을 뗄 때 조금 떨어진 소파에 앉는 것을 보고 카운터를 향해 돌아앉은 다음에야 어째 기묘한 대화라는 생각이 들었다.

동창회 안내장 왔어?

여기까지는 별로 이상할 것 없다. 이상한 것은 그다음이다.

두 살 아래 여동생한테는 왔던데.

이 말은 십중팔구 '두 살 아래 여동생에게는 왔지만 나는 못 받았다'는 문장을 줄인 것으로 여겨진다. 그렇다면 조금 묘하지 않나?

동창회라고 하면 보통 같은 학년끼리 모이는 것을 연상하게 마련이다. 그런데 언니와 동생이 같은 동창회에서 안내문을 받는다는 전제로 이야기하고 있다. 이유가 뭐지? 대학 동창회고, 언니가 삼수해서 동생과 같은 해에 입학했나?

아니, 다시 생각해보니 꼭 그런 것은 아닐 수도 있겠다.

학교 동아리의 동창회일 가능성도 있다. 자매가 같은 학교 같은 동아리에 속해 있었고, 졸업한 뒤 동창회에 초대받았다. 또는 같은 회사에 근무하다가 퇴직한 사람들이 모인다든지. 그런 것도 일종의 동창회다. 그러고 보니 지방에서 고등학교를 나온 친구가 졸업생 모임이 도쿄에도 있어 일 년에 한 번 학년 구분 없이 만난다는 말을 했다. 그는 그것도 '동창회'라고 불렀던 것 같다. 아니, 잠깐, 원래 같은 학교 같은 교사에게 배운 게 '동창' 아니던가?

점점 자신이 없어진다.

그렇지만 제일 이상한 것은 맨 끝의 "앗, 그래?"라는 반응이다. 그녀는 어째서 그렇게 충격을 받은 듯했을까.

1. 여동생에게 안내장이 왔다는 데 충격을 받았다.

2. 언니에게 안내장이 오지 않았다는 데 충격을 받았다.

3. 양쪽 모두에 충격을 받았다.

거기까지 생각했다가 문득 충격을 받은 그녀 자신은 동창회 안내장을 받았을까 하는 의문이 들었다.

맨 처음 그녀가 "동창회 안내장 왔어?" 하고 물은 것 자체가 '딴 사람들은 받은 것 같던데 너는 받았어?'라는 의미와 '나는 받았는데 너도 받았어?'라는 의미, 양쪽으로 해석할 수 있다. 어느 쪽이든 그게 그렇게 놀랄 일인가 싶지만.

타타타.

공사장의 진동음.

주황색 가리개 속의 인부는 지하로 내려갔는지 아까부터 나오지 않는다. 가끔 지하 작업 중 산소 결핍으로 사고가 발생하는데, 저런 현장일 것이다. 폐소공포증이 있는 사람은 절대로 가질 수 없는 직업이겠지.

약속 시간까지 아직 좀 남았으니 책을 더 읽자. 이런 속도로 가면 중간까지 읽을 수 있을 것 같다.

커피를 한 잔 더 마시려고 일어나는데 카운터 맨 안쪽 자리 밑에 아까 본 캐리어가 놓여 있는 게 눈에 띄었다.

어색함을 느낀 것은 주인인 듯한 남자가 보이지 않아서였다.

잠시 자리를 비웠나 싶어 커피숍 안을 둘러보아도 그럼직한 사람이 없다.

커피숍과 이어져 있는 디브이디 대여점에 갔을지도 모른다고 생각했다. 하지만 그랬다면 자리에 웃옷이라도 놓고 갈 것 같은데,

카운터 위에도, 자리에도 아무것도 없이 캐리어만 바닥에 달랑 놓여 있다.

버린 건가? 일부러 캐리어에 넣어서? 아무리.

그런 생각을 하며 카운터로 가 카푸치노를 주문했다.

막연히 캐리어를 바라보는데, 내 오른쪽 옆자리에서 시험공부 중이던 남자가 일어나 캐리어 앞에 쭈그리고 앉아 안을 들여다보았다. 그도 주인이 없는 것을 이상히 여겼나 보다. 단순히 동물을 좋아하는 것일 수도 있지만.

그때 주인이 돌아왔다. 오십대쯤 되어 보이는 건장한 체격의 신사다. 역시 잠시 자리를 비운 것뿐이었나.

캐리어를 들여다보던 남자와 두어 마디 주고받는다. 두 사람의 얼굴에 웃음기가 어려 있는 것을 보니 역시 동물을 좋아하는 사람들 같다. 시험공부 남자는 일어서서 자기 자리로 돌아왔다.

카푸치노를 받아 들고 나도 자리로 돌아오면서 아까 대화를 주고받았던 두 여자가 앉은 소파 옆을 지났다.

또 대화의 일부가 들려왔다.

"역시 총무가 파악을 해야…… 안내장이 안 온 건…….”

"다섯 살 위 오빠도…….”

아직 동창회 이야기를 하는 것 같다. 다섯 살 위인 오빠. 삼남매인가. 남매가 모두 같은 학교를 졸업했나 보다.

"……나 원 참, 결정하라고 월급 주는 자리 아니냐고. 결정 안 할 거면 거기 앉아 있을 필요 없잖아."

왼쪽 옆에서 혼잣말이라 하기에는 다소 큰 목소리가 들려와 흠칫했다. 한 자리 떨어져 있다지만 조금 긴장하고 말았다. 못 들은 척하며 눈에 띄지 않게 목소리 임자를 살펴보았다.

그런데 그는 노트북 화면과 펴놓은 책에 집중하느라 자신이 혼잣말하는 것도 모르는 듯했다. 그것을 보고 안도했다.

이윽고 집중력이 떨어졌는지 크게 기지개를 켜며 시적시적 일어섰다.

그때 뭐가 발치를 휙 지나갔다.

"앗!"

혼잣말 남자가 소리쳤다. 커피숍에 있던 모든 이가 그를 주목했다. 검정 스코치테리어가 그의 발치에 엉겨 붙어 있었다. 일어났을 때 달려든 모양이다.

주인에게 시선을 돌리자, 캐리어를 열고 있었는지 당황해서 "죄송합니다!" 하고 소리쳤다.

"음식점에 개를 데려오면 어쩝니까?"

혼잣말 남자가 성가신 듯 개를 쫓으려 했다. 개는 자기를 귀찮아하는 것도 모르는 듯 천진난만하게 꼬리를 흔들고 있다.

"이것 참 죄송합니다. 하도 답답해하길래 머리라도 내놓게 해주려다가 그만."

주인은 어쩔 줄 몰라 하며 사과했다.

개는 혼잣말 사내를 두고 쫄랑쫄랑 돌아다니다가 바로 옆 테이블에서 영어로 이야기하던 남녀 쪽으로 다가갔다. 두 사람은 개를 좋아하는지 웃는 얼굴이다. 남자가 "손!"을 시켰다.

"아이고, 이런, 죄송합니다."

주인이 달려가 개를 안았다. 사방에 꾸벅꾸벅 머리 숙여 사과하며 자리로 돌아와 개를 캐리어에 넣었다.

"그래, 착하지."

주인이 개에게 말을 시키며 뚜껑을 닫는다.

역시 얌전한 개다. 짖지도 않고, 캐리어에 다시 갇혀도 항의하는 눈치가 없다.

모두가 그 모습을 주목하고 있었다.

나는 또다시 소파에 앉은 두 여자에게 시선이 갔다. 동창회 이야기를 하던 여자들이다.

두 사람은 엉거주춤 일어나 파랗게 질린 얼굴로 개를 꼼짝 않고 지켜보고 있었다.

왜 저렇게 긴장했지? 혹시 개를 싫어하나?

애완동물 붐이라는 말이 나온 지 이미 오래다. 이제는 붐이 아니라 완전히 정착된 느낌이다. 애완동물과 함께 들어갈 수 있는 가게도 늘었겠다, 엄연한 시민권을 얻은 것 같은데, 사실 동물을 싫어하는 사람도 꽤 많다. 구태여 말하지 않을 뿐 실은 불편한 사람도 있을 것이다. 솔직히 말해서 나도 어렸을 때 물린 경험이 있는 터라, 보는 것은 그렇다 치더라도 만지고 싶지는 않다. 사진이나 영상으로 보면 귀엽다고 생각하지만 근처에 있으면 아무래도 경계하게 된다.

개가 도로 캐리어에 들어가고 나니 한순간 느껴졌던 어색함이 순식간에 사라졌다. 가게 안 손님들은 각자 하던 대화로 돌아간다.

나도 카푸치노와 책으로 의식을 되돌렸다.

타타타타.

공사하는 소리가 들린다.

같은 작업이 꽤 오래 이어진다. 창유리의 어렴풋한 진동도.

밖이 서서히 어두워졌다. 나는 손목시계에 눈을 주었다. 책도 반 이상 읽었겠다, 마침 적당한 대목이라 서표를 끼웠다. 가방에 책을 넣고 일어선다. 평소보다 오래 있었다.

내가 일어서려는데 다른 손님들도 움직이기 시작했다. 저녁때가 다 됐으니 마침 다들 이동할 시간이리라.

바깥이 어두워지는 것과 반비례해 실내의 조명이 거리에 뚜렷이 떠오르는 시간.

손님들이 삼삼오오 밖으로 나가려 한 순간이었다.

갑자기 헬멧에 마스크를 쓴 남자가 뛰어들었다.

거무스레한 바람이 불어든 것 같았다.

갈라진 목소리로 "꼼짝 마!" 하고 소리친다.

다들 흠칫해서 동작을 멈추었다.

시간도 멎었다.

그때까지 일상이라는 이름의 뭔가로 덮여 있던 것이 목소리와 동시에 가리개가 휙 벗겨지며 드러났다.

남자가 치켜든 것을 모두가 응시하고 있었다.

기름한 원통형 물건에서 흰 연기가 피어오른다.

공포에 질린 비명이 터져 나왔다.

"폭탄?"

"폭탄이다!"

날카로운 외침.

"꼼짝 마!"

남자는 또다시 부르짖더니 손에 든 것을 커피숍 한복판을 향해 던졌다. 모두가 우르르 피했다.

엄청난 기세로 연기가 뿜어져 나왔다. 사방에서 비명이 터져 나오고, 다들 두 손으로 얼굴을 가리는 게 보이나 싶더니 그 모습도 순식간에 흰 연기로 뒤덮였다. 커피숍 안이 눈 깜짝할 새 새하얘졌다.

폭탄? 폭발한다고?

내 머릿속도 새하얘졌다. 패닉에 빠져 옴짝달싹 못하겠다. 도망쳐야 한다는 생각은 드는데 팔다리가 의사와 연결되지 않은 양 말을 듣지 않고 따로 논다.

그러나 실내가 새하얀 연기로 뒤덮여 아무것도 보이지 않게 되기 전, 나는 창밖을 보고 있었다.

길 양쪽에서 경찰들이 이쪽을 향해 달려왔다. 수가 무척 많다. 저렇게 많이 대체 어디에 숨어 있었을까. 어디서 왔을까.

게다가 조금 전까지 전화 공사가 계속되고 있던 현장의 가리개가 어느새 사라지고 없는 게 시야 끄트머리로 보였다.

* * *

"어휴, 위험할 뻔했군."

뒷정리를 하며 나는 식은땀을 흘렸다.

이제야 겨우 호흡이 편해진 것 같다.

하여간 정말 위험할 뻔했다. 상황이 판명되면 될수록 우리 모두 점점 식은땀을 흘려야 했다.

"그러게 말이에요. 실제로 USB메모리를 발견했으니 다행이죠."

"어휴, 그 발연통 든 녀석 때문에 놀라긴 했지만 지금 생각하면 오히려 잘된 일이었는지도 모르겠네요."

다카기 유미코와 시오자와 아카네가 화장이 지워진 지친 얼굴에 힘없는 웃음을 띠며 말했다.

"그거 이제 벗으셔도 되지 않을까요?"

다카기의 말에 그제야 내가 아직 작업복 차림임을 깨달았다. 전화 공사를 가장하고 커피숍 앞에 쳐놓은 주황색 막 안에서 내부 상황을 모니터하고 있었는데, 오랫동안 긴장하고 있던 탓에 땀으로 흠뻑 젖었다. 공사하는 척하고 또 경찰이 대기하고 있다는 것을 감추기 위해 스피커로 공사하는 소리를 틀어놓고 있었다.

"개를 이용하다니 머리를 썼네요."

시오자와가 신음하듯 말했다.

다카기와 시오자와는 여태 잠복 수사 복장이다. 그래 봤자 평상복이지만.

나는 고개를 끄덕였다.

"그러게 말이네. 확실히 개를 풀어놓으면 자연히 다른 사람하고 접촉할 수 있지. 게다가……"

천진하게 꼬리를 흔들던 검정 스코치테리어가 생각났다.

"그게 미끼였을 줄이야."

"네. 완전히 개한테 정신이 팔렸지 뭐예요. 개한테 주의를 끌어놓고 결국 화장실에 숨겨 전달한다는, 상당한 정공법에 아날로그한 방법이었죠."

"요새는 그게 가장 안전한 방법이니 참 웃기는 일이지. 문자 메시지를 사용하거나 하면 반드시 어딘가에 흔적이 남으니 말이야. 실물을 직접 전달하는 게 제일 흔적이 안 남아."

"놓쳤으면 어떻게 됐을까 생각하니까 오싹해요."

시오자와가 몸서리를 쳤다.

그것은 나도 마찬가지다. 돌입할 타이밍을 재고 있었는데, 조금만 더 늦었으면 놓쳤을 수도 있다. 그도 그럴 게 우리는 엉뚱한 상대방을 감시하고 있었다.

어느 정부 부처에서 기밀이 누설되고 있다.

그런 내용의 보고를 받은 게 몇 달 전이다.

내부 사람에 의해 데이터가 빼돌려지는 형태로 정보가 유출되고 있다. 데이터의 양으로 보나, 내용의 중대성으로 보나 상당히 심각한 상황이다.

주의 깊은 내부 조사와 수사 결과, 도심에서 가까운 어느 커피숍 점포가 전달 장소로 이용된다는 사실을 밝혀냈다.

몇 달에 한 번 그곳에서 데이터를 건넨다. 전달을 담당하는 사람이 한 명이 아닌 듯 전모는 파악하지 못했다. 그러나 한 명이 여러 번 역할을 다하고 있다는 것은 틀림없었다.

그 커피숍에 자주 드나드는 사람이 워낙 많아 가려내는 데 한참 걸렸다. 그러나 단순한 단골손님과 정보를 전달하는 인간을 구별하기는 쉽지 않았다.

그러던 어느 날, 다음번 전달 일시를 알아냈다. 이달 말 일요일, 오후 4시에서 5시 사이. 틀림없다.

그렇게 해서 데이터를 전달하는 순간 현행범으로 체포한다는 계획을 세웠다. 데이터라는 실물로 증거를 잡는 수밖에 없다.

커피숍 밖에서는 전화 공사를 가장해 감시한다. 지원 나온 경찰관은 조금 떨어진 곳에서 대기한다.

안에서는 여경 둘이 손님을 가장해 커피숍 중앙에 앉는다. 한쪽이 무선으로 바깥과 연락을 취한다.

두 사람은 은밀히 가게 안을 감시하며 손님들이 타인으로 가장하고 서로 접촉하지 않는지 살펴보기로 했다.

당일.

커피숍에는 단골이 여러 명 있었다. 가게 안의 여경에게 단골, 즉 용의자를 알려주는 것은 밖에서 전화 공사를 하는 척하며 감시하던 경관이다. 유리창으로 내부가 훤히 보이는 터라 명단에 있는 단골을 발견하면 가르쳐주었다.

연락받는 쪽은 다카기였다. 다카기는 '동창회' 암호로 그것을 시오자와에게 전달하기로 했다.

'두 살 아래 여동생'이라고 하면 카운터, 입구 쪽에서 두 번째 자리 여자. '다섯 살 위 오빠'는 입구 쪽에서 다섯 번째 자리에 앉은 남자.

문제는 이날 이 시간대, 카운터에 앉아 있는 사람들이 모조리 전에도 이 커피숍에 여러 번 왔던 단골손님이라는 점이었다. 저 중에 대체 누가 용의자인가.

소파에도 단골이 있어서 시오자와가 그렇게 많으냐고 놀라 소리칠 지경이었다.

한두 명이면 그 사람들만 주목하면 되지만, 수가 워낙 많아 두 사람 다 긴장하고 있었다.

그런 상황에 남자가 개가 든 캐리어를 들고 들어온 것이다. 이 남자는 모두가 주목했다.

개 주인이 도중에 캐리어를 두고 자리를 뜬 것도 수상하다 싶었다. 뿐만 아니라 아니나 다를까 다른 손님이 개와 접촉하는 게 아닌가.

참고서를 펴놓고 있던 남자가 캐리어에 다가갔을 때는 '저놈이다' 하고 다들 흥분했다.

그런데 개와 접촉한 사람은 그 남자만이 아니었다. 다른 손님들까지 잇따라 개와 접촉했다.

대체 누구인가?

수사 팀은 혼란에 빠졌다. 개와 접촉한 이들 중에 범인이 있는 것은 틀림없다. 아니면 모두가 한패고 일부러 헷갈리게 하는 걸까?

커피숍 중앙에 있는 두 여경에게 가려내라는 지시가 내려졌지만, 두 사람 역시 봐도 모르겠다.

두 사람은 필사적으로 손님들을 주시하며 용의자를 가려내려 했는데…….

"정말 운이 좋았어요."

시오자와가 또다시 말했다.

"저희, 결국 누군지 알 수 없었는걸요. 게다가 애초에 엉뚱한 손님들 중에 가려내려 했으니 말이죠."

"저쪽도 애가 바짝바짝 탔던 거군요."

발연통 남자의 등장은 수사 팀도 예상치 못했던 사태였다.

실은 저쪽도 내사에 관해 눈치채고 있었던 것이다.

이날, 직전에서야 수사의 손길이 뻗친 것을 알아차린 모양이다. 그 때문에 그런 도박에 나선 것이다. 말 그대로 연막을 피우고 그 틈을 타 달아날 계획이었던 듯한데, 대기하고 있던 경관이 수적으로 우세했다.

결국 그 자리에 있던 손님들(과 발연통 남자)을 한꺼번에 잡아 몸수색을 했다.

기밀 정보가 든 USB메모리는 영어로 대화하던 남녀 중 여자의 소지품에서 발견되었다.

개를 건드리지 않았던 여자다.

그들은 조심성 있게 행동했다. 개를 데려온 남자도 한패였지만, 그는 연막의 일부였다.

이번에 데이터를 가지고 있던 여자는 커피숍 단골이 아니었다. 새로 가담한 멤버로, 전달 역할을 맡은 것은 이번이 처음이었다고 한다.

수사 팀이 찍었던 카운터 자리의 세 명과 소파에 있던 단골들은 아무런 관계도 없었다.

"맞다. 아까 조마조마했어요, 카운터에 앉아 있던 여자."

다카기가 쓴웃음을 지었다.

"그 사람, 얼마나 귀가 밝은지 글쎄 저희한테 '동창회 이야기하셨죠?' 그러지 뭐예요."

"뭐?"

그 말을 듣고 오싹했다. 시오자와도 고개를 끄덕였다.

"진짜 깜짝 놀랐어요. '삼남매이시군요, 다들 같은 학교를 나오셨나요?' 하고 묻는 거예요. 오빠니 여동생이니 하는 것도 들었나 봐요."

"그래, 역시 암호를 쓰길 잘했군."

나도 쓴웃음을 지었다.

"그래서 뭐라고 대답했나?"

다카기와 시오자와는 마주 보더니 살짝 웃었다.

"네, 저희 학교는 졸업하고 나서도 친하게 지내고 잘 뭉치거든요, 하고 대답했어요. 실제로 그런 데다가 저희 진짜로 애교심 강한 동창생이니까요."

시

타이베이 소야곡

私 と 踊 っ て

어디선가 물방울이 떨어지는 소리를 들으며 눈꺼풀 안쪽에서 몇 번씩 되풀이한다.

문 열어줘. 수돗물 좀 잠가줘.

물방울 소리가 길어진다. 천천히 천천히 관자놀이에 떨어진다.

어둠 속 울창한 나무들에서 똑똑, 일직선으로. 관자놀이에, 피부 밑 뼈에 천천히 구멍이 뚫린다.

공포감에 움찔해서 깨어나니 어둑어둑한 호텔 방이었다.

커튼 틈새로 흐릿한 빛이 흘러든다.

구겨진 침대 시트 위에 찌지를 붙인 책이며 서류가 흩어져 있었다. 어느새 잠들었던 모양이다.

무너진 책 더미 속에서 흰 빛이 깜박이고 있다. 휴대전화를 찾아내 열어보니 문자가 와 있었다. 어느새 알아서 시차를 조정해, 두 나라의 시각이 한 시간 차를 두고 화면에 나란히 표시되어 있었다. 현지 시간, 새벽 4시. 체내 시계가 어떤 식으로 작용하는지 알 수 없지만, 늘 왜 그런지 정각 5시 내지 6시에 깬다.

문자를 확인해보니 두 통이 와 있었다. 보낸 사람은 처음 보는 이름이다.

KAKO

KAKO

같은 사람이 보낸 것 같다. 잘못 보냈을까. 제목은 둘 다 없다. 문자를 열어보았다.

WELCAM

첫 통은 이게 다다. Welcome을 잘못 쓴 걸까. 또 한 통.

WELCAM TAIPEI

歡迎光臨. 그런 뜻인가. 휴대전화 시차가 보정되면 자동적으로 보내는 문자 서비스일지도 모르겠다. 철자가 틀렸다는 게 이상하지만.

무심코 얼굴로 손을 가져가자 이마가 젖어 있었다. 땀인가 했는데, 냉방이 시원하게 나오는 데다 몸에 땀을 흘린 흔적이 없다. 누수인가 싶어서 반사적으로 천장을 올려다보았다. 주의 깊게 살펴봐도 얼룩 같은 것은 보이지 않는다. 단순히 어두워서 그럴 수도 있지만.

불을 켜놓은 옆방의 책상 앞을 문득 녹색 그림자가 가로지른 듯했다. 먼 방향으로, 미끄러지듯, 희미하게 깜박거리는 빛을 띠고.

문 열어줘. 수돗물 좀 잠가줘.

일어나 커튼을 들쳐 보았다. 창밖에 기이하게 생긴 거대한 건물이 보인다. 너무 높아서 위쪽은 보이지 않는다. 빠른 속도로 쭉쭉 성장한다고 대나무를 형상화했다는데, 그보다 뱀밥처럼 생겼다는 생각이 볼 때마다 든다.

도쿄보다 한발 앞서 장마가 시작된 모양이다. 길 가는 사람들을 보면 비는 오지 않는 듯했지만, 낮게 깔린 잿빛 구름은 미적지근한 비를 듬뿍 머금고 있을 것 같다.

팔각 냄새. 어제 만난 이에게 선물로 받은, 댓잎에 싼 고기 쌈밥이 테이블 위에 놓여 있다. 호텔 뷔페에 가기 귀찮아 이것으로 아침식사를 때웠다. 객실에 비치된 우롱차 티백은 찻잎이 가득 들어 몇 번을 우려도 맛이 엷어지지 않는다.

나오는 길에 사이드테이블 위에 놓아둔 사진에 눈길을 주었다.

초점이 다소 맞지 않은 사진이다. 잠깐 바라보다가 사진 옆에 놓인 두꺼운 다이어리를 집어 가방에 넣었다.

K선배, 왜 이 호텔을 고르신 겁니까?

로비에서 만난 M은 위층까지 뚫린 천장을 올려다보았다. 두꺼운 구름과 천창을 통과하는데도 여전히 따가운 초여름 햇살에 로비

기온이 슬금슬금 올라가는 게 느껴진다.

외국에 갈 때는 대개 이 그룹 호텔을 이용하거든.

그렇게 대충 받아넘기자 M은 저길 보세요, 하고 소곤거렸다.

시선이 향한 곳에 종업원용 통로가 있었다. 은빛 자동문이 열리고 제복 차림의 스태프가 빠른 걸음으로 걸어 나왔다.

저 통로가 왜?

나도 따라 소곤거리자 M은, 그게 아니라 통로 양옆 벽을 보시라니까요, 하며 머리를 내저었다.

기묘한 글씨가 든 커다란 액자 두 개가 통로를 끼고 벽에 걸려 있었다. 똑같은 액자로 보였다.

저거 부적입니다. 액막이라고요. 분명히 저기가 결계인 겁니다.

M은 학창 시절 후배인데, 취직한 출판사의 계열사가 이곳에 현지 법인을 설립하면서 부임해 벌써 오 년 가까이 살았다. 북경어도, 이곳 언어도 꽤 유창하게 하는 터라 안내를 부탁했다. 그러고 보니 옛날부터 괴담이니 도시 괴담 종류를 좋아했던 것 같다.

여기 원래 묘지였거든요. 무덤은 전부 파서 다른 데로 옮기고 그 자리에 호텔을 지은 거죠. 그걸 아는 여기 사람들이랑 풍수를 신경 쓰는 홍콩 사람들은 절대 여기 안 묵습니다.

어이구, 그럼 뭐 나오나?

무심코 말하자 M은 진지한 표정으로 네, 하며 고개를 끄덕였다.

별별 소문이 다 있습니다. 밤새 내내 투숙객이 잠을 설치게 한다든지, 머리 긴 여자가 천장에서 내려와서 'GIVE ME YOUR LIFE' 하고 조른다든지.

왜 영어지? 하고 중얼거리자 백인 여자애라더군요, 하는 대답이 돌아왔다.

그러고 보니 어제 밤늦게까지 옆방 남녀가 큰 소리로 이야기해서 시끄럽더군.

그 때문에 자료를 가지고 침실 쪽으로 자리를 옮겼다.

그거 혹시 옆방 아니고 K선배 방 안에서 들린 소리 아닙니까?

M은 겁주듯 내 얼굴을 빤히 들여다보며 말했다.

글쎄, 어땠으려나? 모르겠는걸. 그러고 보니 벽 너머가 아니었던 것 같은데.

M은 또다시 고개를 크게 끄덕였다.

혹시 무슨 일 있으면 방을 바꿔달라고 하세요. 땅에서 멀어서 그런지 높은 층엔 안 나오는 모양입니다. 군소리 없이 높은 층으로 방을 바꿔주면 호텔 쪽에서도 상황을 파악하고 있다는 뜻이겠죠.

이따금 비가 후드득 쏟아져 빗발이 세질 듯하면 뚝 그친다. 가끔 흐릿한 햇살이 비치기도 한다. 그러면 젖은 땅이 순식간에 데워지면서 거리가 한증탕 같아진다.

우산을 쓴 사람은 거의 없다. 2층이 살림집인 오래된 아케이드 거리가 한없이 이어지고, 바니안나무 비슷한 아열대 지방의 나무가 중앙 분리대 위를 울창하게 덮어 비를 흡수한다.

비에 젖은 번체자 간판. 축축한 거리. 습한 도시 냄새.

이곳은 데자뷔의 거리다. 어떤 것을 봐도 기시감이 느껴진다.

예컨대 작은 노점에서 과자를 사는 소녀. 흰 하복에 검정 가죽 구두. 예컨대 스포츠 백을 배낭처럼 등에 지고 농구공을 튀기며 걸어가는 소년. 예컨대 가게 앞 테이블에서 쌀국수를 먹는 어머니와 아이. 예컨대 건어물 가게 앞에 걸터앉아 수다 떠는 할머니.

하나하나가 어쩌면 내가 살았을지도 모르는 또 다른 인생처럼 느껴진다.

신호등의 남은 시간을 나타내는 숫자가 작아져가는 교차로에서 문득, 붕어빵을 산 소녀가 되어 숙제해야지 생각하며 할머니와 남동생이 기다리는 집으로 돌아갈 것 같다. 가이드북을 꺼내려고 멈춰 선 순간 시점이 뒤바뀌어, 관절염 때문에 고생하는 가게 보는 할머니가 되어서 가이드북을 보며 지나가는 중년 남자를 멀거니 바라봐도 이상할 게 없을 듯하다.

또는 여기저기 한눈을 팔며 집으로 돌아가는 아이들과 함께 저 골목으로 꺾어지면, 향 냄새와 축축한 냄새가 나는 할아버지 할머니 집에 갈 수 있을 것 같다.

할머니, 할머니, 나 죽은 까마귀 봤어.

책가방을 현관에 내팽개치고 신발을 채 벗기도 전에 소리친다.

그때는 정말 놀랐다. 까마귀 시체를 본 적이 그때까지 없었기에,

까마귀는 허약해진 개체를 발견하면 다 같이 달려들어 잡아먹는다는 이야기를 믿고 있었다.

어이구, 그러냐? 어디서 봤어?

할머니가 천천히 절구에 깨를 빻으며 느긋한 어조로 대답한다. 부엌이 어둑어둑해 할머니의 얼굴은 보이지 않는다.

지장보살님 있는 데 논두렁길에서. 석산石蒜이 잔뜩 피어 있었어.

그래, 새빨간 석산에 둘러싸여 잠자듯 누워 있던 까마귀는 여전히 깃털에 윤기가 반드르르 흘렀다. 선명한 붉은색과 검은색의 대비가 강렬했다.

이 거리에도 석산이 필까.

멍하니 그런 생각을 한 것은, 주홍색으로 칠한 건물에 둘러싸여 수많은 향불에서 피어오르는 연기에 온몸을 적시며 걷고 있던 절 안에서였다.

이 거리에는 무수히 많은 신이 있어, 모두가 향을 사고 종이 돈을 태우며 열심히 소원을 빈다. 남녀노소 똑같이 열심이다. 향을 든 사람들이 끊임없이 와서 붉은 절 안이 무척 혼잡하다. 절이니 물론 관음보살도 모셔져 있지만, 그 밖에도 전설상의 인물에서 민간인까지 온갖 상이 안치되어 있고 그 앞에 사람들이 줄을 선다.

이곳 신은 분업화되어 있어서 말이죠. 연애니 순산, 건강, 도박까지 전문 분야가 각자 다르거든요. 엉뚱한 신한테 엉뚱한 소원을 빌면 안 됩니다.

M이 아는 척하며 설명했다.

땡그랑땡그랑 소리가 나는 것은 다들 소원을 빌며 '구두'를 던지기 때문이다. 빨간 '구두' 두 짝을 던져 위아래가 동시에 나오면 신이 보내는 'Yes' 사인이라고 한다. 둘 다 위가 나오거나 둘 다 아래가 나오면 안 되는 모양이다.

'구두'는 단순화된 형태인데 원래는 진짜 신발을 던졌다고 한다. 어렸을 때 신고 있던 게다를 하늘을 향해 던져 다음 날 날씨를 점치곤 했는데, 이 언저리에 뿌리가 있는지도 모르겠다.

그 말을 듣고 M이 킬킬 웃었다.

아닌 게 아니라 '구두'는 중요합니다. 저기 보세요, 부적도 있잖습니까?

부적을 파는 곳에 각종 부적이 용도별로 수두룩이 진열되어 있다. M이 하나 사왔다. 엄지손가락만 한 조그만 빨강 '구두'다.

이건 짝을 맺어주는 부적이랍니다. 이 구두가 운명의 상대방을 만나러 간다나요. 헤헤, 저도 잠깐 갔다 오겠습니다.

M은 조그만 빨강 구두를 달랑달랑 들고 향을 피우러 갔다. 그러고 보니 작년에 이혼했다는 말을 들은 것 같다.

M이 향을 피우는 것을 바라보는데, 한 소년이 눈앞을 슥 가로질렀다.

소년이 눈에 띈 것은 그 또한 빨간 신발을 신었기 때문일지도 모른다.

빨간 스니커 운동화에 빨간 티셔츠, 무릎 밑까지 내려오는 검은 운동복 바지 차림의 소년이었다.

축구팀 유니폼 같은 걸까.

무심코 시선으로 뒤를 좇았는데, 소년은 금세 인파 속으로 사라져버렸다.

마음에 걸린 것은 잠깐 본 옆얼굴이 눈에 익은 것 같아서이다.

어디서 봤을까. 이 거리에 온 지 겨우 이틀밖에 안 됐는데. 같은 호텔에 묵고 있나?

기억을 더듬어봐도 모르겠다.

M과 절에서 나와 약초 거리를 걷는 동안에도 생각했으나 금세 포기했다.

야채 주스 스탠드에서 주스를 사 마셨다.

Y도 이걸 좋아했지.

빈 종이컵을 보며 무심코 중얼거리자, Y씨 일은 유감입니다, 아직 젊은 분이, 하고 M이 말했다.

고개를 끄덕이며 종이컵을 우그러뜨려 스탠드 옆 비닐봉지에 넣었다.

문 열어줘. 수돗물 좀 잠가줘.

마지막으로 들은 Y의 목소리가 뇌리에 되살아난다.

Y는 세계적 명성을 얻은 영화감독이었는데, 십 년 전 미국에서 죽었다.

대륙에서 태어나 어린 시절 가족과 함께 이 나라로 이주했다. 그러나 고등학교 때 미국으로 유학 가 대학도 미국에서 다녔다. 졸업 후 이 나라로 돌아와 일하는 한편으로 영화를 찍어 서서히 주목을 받기 시작했다. 이윽고 전통 있는 영화제에서 연달아 상을 타면서 할리우드의 제안을 받아 미국으로 활동 거점을 옮겼다.

일본을 무대로 하는 영화를 찍으러 일본에 왔을 때 만났다. 동업자인 데다 둘 다 외국에서 자랐다는 데서도 공통점을 느꼈는지, 처음 만났을 때부터 죽이 잘 맞았다. 로스앤젤레스며 도쿄, 유럽 등의 영화제에서도 종종 만나곤 했다.

그중에서도 이곳은 우리 둘에게 특별한 곳이었다.

이곳은 데자뷔의 거리, 살았을지도 모르는 또 다른 인생이 동시에 복수로 병행하는 패럴렐 월드라는 것은 그의 감상이기도 했다. 몇 시간씩 둘이 거리를 돌아다니며 카페나 호텔 바에서 자신의 데자뷔를 주고받았다.

사후 십 년이 지나 비로소 그의 작품이 전집으로 묶여 나오게 되어 리플릿에 그의 추억담을 쓰기로 했다. 그래서 오랜만에 이 거리를 찾아와 기억을 더듬으며 그와 걸었던 길을 되밟는 중이다.

그러나 발길 닿는 대로 골목을 돌아다녀도 Y의 부재만 자꾸 커질 뿐이었다. 그와 동시에 지금도 이 거리 어딘가에 Y가 있지 않을

까 하는 기분이 가슴속을 떠나지 않는다. 절망과 희망이 기묘하게
균형을 이루어 양 갈래로 찢어지는 듯한 느낌이 이어진다.

그가 이곳을 찍은 필름을 이미 여러 번 봤다 보니, 영상 속의 거
리가 현실의 거리와 오버랩 되어 당장에라도 화면 바깥쪽에서 Y가
훌쩍 나타날 것 같다.

건강을 해쳐 병원에 장기간 입원해 있었다는 것은 알았지만, 체
력도 회복되어 의사가 이제 괜찮겠다고 했다는 소식을 듣고 안도
했다. 현장에 복귀한 Y가 이동 중 호텔에서 전화했을 때 도쿄는 새
벽 5시경이었다. 늘 날이 밝도록 개인 작업을 한다는 사실을 Y가
기억해주었다는 게 기쁘기도 하고, 또 옛날 생각도 났다. 설마 그
때 한 통화가 마지막이 될 줄은 꿈에도 몰랐다.

근황과 일에 관해 한바탕 이야기를 주고받고 그럼 이만, 조만간
도쿄나 LA에서 만나지, 하고 인사한 뒤 그가 수화기 저편에서 누
구에게 말했다. 수화기에서 목소리가 멀어진다.

문을 열어줘. 수돗물 좀 잠가줘.

그리고 전화가 끊겨졌다.

문자 착신음이 울렸다.

반사적으로 일어나 어둠 속 사이드테이블 위에서 깜박이는 휴대
전화에 손을 뻗었다.

KAKO

KAKO

또 그 이름이다. 이번에도 두 통.

JASTA MOMEN

JASTA MOMEN 等一下

'잠깐 기다려'라, 뭘까. 누구에게 보내는 문자일까. 역시 잘못 왔나?

커튼 틈새로 보이는 밖이 어렴풋이 밝다. 또 새벽 4시 정각이다. 오늘도 뱀밥처럼 생긴 건물 뒤로 묵직하고 두꺼운 구름이 하늘을 가득 메우고 있다.

그러고 보니 어젯밤에는 말소리가 들리지 않았다. 다른 방으로 바꿀 필요는 없을 것 같다.

"요컨대 우리는 고향이 없어서 그런 거네. 진짜 고향이 없기 때문에 우리는 TAIPEI에 이렇게 데자뷔를 느끼는 거지."

벽에 붙은 옛날 영화 포스터. 기다란 프랑스식 창문.

예전 영사관을 고친 서양식 저택에서 Y의 동료를 만나 이야기를 듣는 중에도 Y의 목소리가 들리는 것 같았다. M은 발이 넓다. 다들 열심히 이야기한다.

"안 그래? 어디 있건 자기는 아웃사이더다, 자기는 가족이나 다른 사람들의 '안쪽'에 없다, 이방인이다, 그런 느낌이 들지 않던가? 지금도 그렇고. 우리, 첫눈에 우리가 닮은꼴이란 걸 알아차렸지."

"TAIPEI는 기억의 축적으로 이루어져 있어. 도시는 어디나 그렇지만, TAIPEI는 여러 이국의 기억까지 지니고 있지. 난 이곳에서 거리를 걷다 보면 '추억'에 집어삼켜질 것 같아. '추억'은 개인적인 것일 텐데, 나만의 것일 텐데, 이렇게 골목을 걷다 보면 TAIPEI의 '추억'이 사방에서 성난 물결처럼 밀려들어서 거기에 빠져 허우적거릴 것만 같네."

"예컨대 저기 기대 세워놓은 자전거. 예컨대 포장길에 나란히 선 일륜차의 번호판 중 하나. 허물어져가는 붉은 벽돌 건물. 벽을 타고 올라가는 전깃줄과 넝쿨. 폐가의 초인종과 잠긴 우편함. 잠깐이라도 경계를 늦추면 눈으로, 모공으로 '추억'이 침입해. 나 자신이 TAIPEI '추억'의 일부가 되고 말아."

카푸치노가, 동방미인 차가, 망고 주스가 나온다.

내용을 메모하고 녹음기가 돌아가고 있는지 곁눈으로 확인하면서, Y의 '추억'을 이야기하는 사람들이 카푸치노를, 동방미인 차를, 망고 주스를 마시는 것을 본다.

그때 창밖에 소년이 보였다.

누구를 찾는 것처럼 주위를 두리번거리며 잔디밭을 걸어간다.

그럴 리 없다. 황급히 그런 생각을 지워버렸다. 빨간 티셔츠에 검은 운동복 반바지. 분명 어디 유니폼일 것이다. 단체로 소풍을 온 아이들이 티셔츠를 똑같이 맞춰 입은 것을 많이 보았다. 저것도 어딘가의 유니폼이 틀림없다.

하지만 멀리서 보는데도 역시 지난번과 마찬가지로 '낯익은 얼굴'이라는 느낌이 들었다. 같은 얼굴이 그렇게 여러 명 있을까?

엉거주춤한 자세로 일어선 것을 깨달은 M이 왜 그러느냐고 물었다.

아무 일도 아니라며 웃음을 지어 보이고, 그다음으로 시선을 돌렸을 때 소년의 모습은 사라지고 없었다.

뭔가 이상하다.

그걸 깨달은 것은 Y의 동료들과 자리를 옮겨 술을 마시기 시작했을 때였다.

큰길에서 들어간 어두운 곳. 커다란 창문으로 골목길이 내다보이는 조그만 와인 바다.

큼직한 널판자 한 장을 통째로 쓴 테이블을 둘러싸고 다 같이 떠들었다. 술기운이 돌면서 온갖 언어가 뒤범벅되어 점차 어느 나라 말인지 알 수 없게 되었다.

나와 그 통화를 한 뒤, Y는 호텔 방에서 쓰러져 이튿날 숨을 거둔 상태로 발견되었다고 들었다.

그때 Y는 대체 누구에게 말한 걸까.

Y는 타인을 절대로 자기 방에 들여놓지 않는 사람이었다. 곁에 누가 있으면 못 잔다는 말을 자주 했다. 다른 사람과 같은 방을 쓴다는 것은 생각도 못 한다.

그런데 그때는 분명 그 방에 누가 있었고, Y가 그 사람에게 부탁을 했다. 있을 수 없는 일이지만 정말 누가 있었던 것이다.

지난 십 년간 알아차리지도 못했던 의문이었다.

JASTA MOMEN

JASTA MOMEN 請再給我來一杯

술잔 속에서 홍주紅酒가 반짝이는 것을 본 순간, 무시무시한 가능성이 떠올랐다.

그때 침입자에게 위협당하는 상황이었던 것은 아닌가? 구조를 청하려고 전화한 게 아닌가? 혹시 내가 알아차리지 못한 탓에 Y가 목숨을 잃은 게 아닌가?

늪에 푹푹 빠져드는 느낌에서 벗어나려고 무의식중에 부르짖었다.

Y는 살해된 거야.

술기운도 거들어 단숨에 주워섬기는 나를 모두가 놀라 쳐다본다.

지금까지 몰랐어. 십 년씩이나. 그 친구가 자기 방에 누굴 들여놓다니 있을 수 없는 일인데. 그것도 몰랐어.

문득 공범자 같은 침묵이 흘렀다.

누가 나지막이 한숨을 쉬었다.

그건 아닙니다, K씨.

그 사람은 고개를 가로저으며 이야기를 시작했다.

Y가 퇴원한 건 더는 손쓸 방도가 없었기 때문이지, 회복됐기 때

문이 아닙니다. Y는 한 번 더 영화를 찍고 싶어했습니다. 그렇게 돼서도 영화를 찍을 생각이었던 겁니다. 그래서 가공의 로케이션 헌팅을 나섰습니다. 아마 본인 마음속에선 추억 어린 TAIPEI로 간 거였겠죠. K씨한테 전화한 건 병원에서였지, 호텔이 아닙니다. 이젠 정말 얼마 안 남았다는 걸 본인도 깨닫고 있었습니다. 그건 K씨에게 작별 인사를 한 겁니다. Y가 부른 건 의사였을 겁니다. K씨한테는 말하지 말라고 주위에 엄명을 내렸거든요. 여기서 이렇게 밝히고 말았지만 Y도 이젠 용서해주겠죠.

아무 일 없었던 것처럼 다시 다들 술을 마시기 시작했다.

K씨가 묵고 있는 호텔 바로 갑시다. Y 생전엔 없었던 호텔이니까 Y도 분명 가보고 싶어할 겁니다.

또 다른 누가 제안했다.

부적이 붙어 있는데도 말입니까? M이 농담조로 말했다.

괜찮아요, 부적이 붙어 있으니까. 다 함께 웃었다.

다른 사람들에게 먼저 시작하라 하고, 일단 방으로 돌아와 도쿄에 문자 몇 통을 보냈다.

생수를 마시고 세수했다.

손수건이 땀에 젖은 게 생각나 빨아두기로 했다.

세면대에 물을 받는데 벨소리가 문자가 왔음을 알렸다.

도쿄에서 답신을 보냈나 싶어 황급히 휴대전화를 확인했다. 그런데 그 이름이 있었다.

KAKO

그리고 문자 메시지.

IM HERE

여기. 있다.

다음 순간, 소스라치게 놀랄 만큼 큰 소리로 초인종이 울렸다.

여기. 있다.

"네."

스스로 뜻밖일 만큼 침착한 목소리로 대답하고 천천히 문 앞으로 걸어갔다.

달카닥 문을 열었다.

소년이 서 있었다.

빨간 티셔츠에 검정 운동복 반바지. 나를 머뭇머뭇 올려다본다.

"옛날 일을 KAKO 일본어로 '과거'라고 하죠?"

소년은 조심조심 말했다.

그래, 그래서 보낸 사람이 '과거'였구나.

"저, 스펠링에 별로 자신 없거든요. 그 애한테 물어서 이럭저럭 쓴 거예요. 갑자기 놀라게 하지 말고 미리 알려주라고 해서요."

"왜 매번 새벽 4시였지?"

"음, 일본에선 그때가 5시잖아요?"

Y가 전화를 걸었던 시간인가. 시차까지 고려해줄 줄이야.

"바로 준비할 테니까 잠깐 기다려. 아, 미안하지만 문은 열어놓고. 그리고 세면대 수돗물 좀 잠가주겠니?"

소년은 안도한 표정으로 고개를 끄덕였다.

방 안으로 돌아가려다가 문득 생각나 돌아보았다.

"언제부터?"

소년은 어리둥절한 표정을 짓더니 이윽고 "아아" 하며 고개를 끄덕였다.

"거리에서 빨간 꽃 생각을 했잖아요? 그때부터."

석산과 까마귀. 그래서 이런 모습이 된 건가.

"그 친구는 어떤 차림일까."

"네?"

"아무것도 아니다."

가볍게 손을 흔들고 방 안쪽으로 돌아왔다. 사이드테이블에 놓인 사진에 흘깃 시선을 던진다. 한 이십 년 전 Y와 둘이 이 거리에서 찍은 사진을.

천장이 위층까지 뚫린 로비에 한 소년이 오도카니 서 있었다.

녹색 셔츠에 청바지. 손에 든 공으로 장난치고 있다.

엘리베이터 홀에서 문이 열리고 빨간 티셔츠 소년이 달려 나왔다.

기다리던 소년의 얼굴이 환해졌다.

"미안, 늦었지."

"괜찮아."

"앞으로 느긋하게 놀 수 있겠어."

"그러게. 오랜만인걸."

두 소년은 통로에 장식된 커다란 액자에 잠깐 눈을 주었으나, 금세 관심을 잃은 양 고개를 돌리고 밤의 TAIPEI, 그 '추억' 속으로 달려 나갔다. 그리고 어둠 속에 녹아 곧 사라져버렸다.

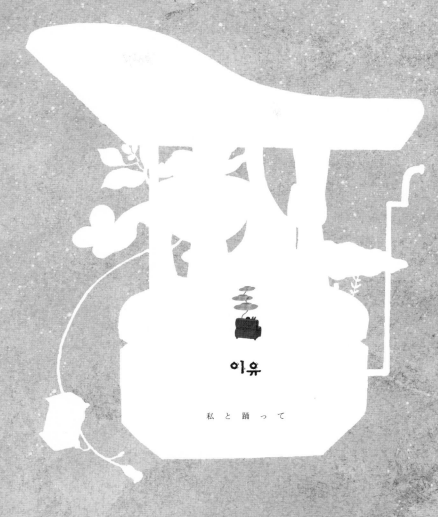

이유

私と踊って

산책 중이던 고양이가 낮잠을 자는 내 머리를 밟고 지나가려다
가 내 왼쪽 귓구멍 속에 빠졌다.

　친구 집에 있었다. 전날 밤 와서 늦게까지 이야기하다가 편히 있
으라며 친구가 나가고 난 뒤 느긋이 낮잠을 자던 중이었다.
　친구는 전부터 고양이 두 마리를 길렀다. 이름은 덜렁이와 덤벙
이다.
　둘 다 사람을 잘 따르는지 아니면 높은 곳을 좋아하는지, 내가
친구와 이야기하는데 어깨 위로 뛰어올라 머리를 타넘으려 해서
학을 뗐으나, 잘 때도 얼굴 위를 지날 줄은 몰랐다.
　비몽사몽 중에 통통 경쾌한 리듬으로 걸어오는 발소리가 들리더
니 가슴에 팔짝 뛰어올랐다. 몰랑몰랑한 발바닥이 뺨을 밟는가 싶

더니 왼쪽 귓속으로 뭐가 쑥 미끄러지는 느낌이 들었다.

'자다가 벼락 맞는다'란 바로 이런 상태이리라. 소름이 쫙 끼치면서 잠이 깼다. 허둥지둥 주위를 둘러보았지만 아무것도 없다.

방금 얼굴에 닿은 게 뭐였을까 생각하는데, 귓속이 어째 유난히 무겁다.

어리둥절해하던 차에 머릿속에서 목소리가 들렸다. 귓속이니 말 그대로 두개골 안쪽에서 들린다.

냐아아앙 냐오옹
냐아아앙 냐오옹

흡사 머릿속에서 종을 치는 것 같아 얼굴을 찡그렸다.

어쩌지? 귓속에 고양이가 빠진다는 이야기는 들어본 적도 없다.

혼란에 빠져 머리를 흔들어보고 수영하다 귀에 물이 들어갔을 때처럼 앙감질도 해봤다. 그러나 귓속으로 쏙 들어간 고양이는 좀처럼 나올 기미가 없다.

귓가에서 달랑달랑 흔들리는 게 밖으로 삐져나온 고양이 꼬리라는 것을 깨닫고 무심코 잡아당겨보았다.

그러나 머릿속에서 겪은 폭죽이 터진 듯한 아픔에 비명을 지르며 금세 꼬리를 놓았다. 상상하신 대로 고양이는 내 귓속에 발톱을 세우고 버틴 것이다.

냐아아아! 냐오오!
냐아아아! 냐오오!

화난 기색이 역력하다. 항의하는 목소리가 뇌 안에 울려 퍼지고 꼬리가 내 얼굴을 세차게 탁탁 때린다.

알았다, 알았다고, 하며 애써 달랬다.

그러고 보니 고양이는 본래 어둡고 좁은 곳을 좋아한다고 들은 것 같다.

고양이가 들어간 쪽 귀가 무거워 머리를 기우뚱하게 기울인 채 대처법을 생각했다.

병원에 가는 게 좋을까. 이비인후과에 가서 귀에 이물이 들어갔으니 꺼내달라고 할까.

갑자기 귀에서 무언가 차가운 게 흘러나오기에 허겁지겁 티슈를 갖다 댔다. 코를 찌르는 냄새에 고양이 오줌이라는 것을 깨달았다. 머리부터 귓구멍에 빠져서 다행이었다. 반대 방향으로 빠졌으면 지금쯤 내 귓속이 화장실이 됐을 것이다.

귀에 티슈를 댄 채 생각했다.

그런데 지금 귓속에 있는 게 덜렁이일까, 덤벙이일까?

덜렁이와 덤벙이는 형제지간이고 비슷하게 생겼지만, 덜렁이는 얼굴이 까뭇까뭇하고 덤벙이는 갈색이었다는 기억이 있다. 집 안에 남아 있는 나머지 한 마리를 보면 어느 쪽인지 알 수 있을 것이다.

나는 집 안을 뒤졌다. 머리가 무거우니 균형이 잡히지 않아 걷기가 무척 힘들다.

그러나 산책이라도 나갔는지 다른 한 마리가 보이지 않는다.

찾다가 지쳐 창가에 있는 낡은 녹색 소파에 앉았다. 고양이들이 이 소파를 좋아해서 반드시 이리로 돌아오리라는 것을 알기 때문이다.

어느새 또 꾸벅꾸벅 졸기 시작했다. 머리가 무겁다는 게 이게 꽤 피곤한 일이다. 물론 왼쪽 귀에 고양이가 들어 있으니 그쪽으로 기울어져 있다.

그러자 비몽사몽 중에 통통 경쾌한 리듬으로 걸어오는 발소리가 들리더니 가슴으로 팔짝 뛰어올랐다. 몰랑몰랑한 발바닥이 뺨을 밟는가 싶더니 오른쪽 귓속으로 뭐가 쑥 미끄러지는 느낌이 들었다.

'자다가 벼락 맞는다'란 바로 이런 상태이리라. 소름이 쫙 끼치면서 벌떡…… 일어나려다가 허둥지둥 두 손을 짚어 몸을 지탱해야 했다.

머리가 엄청나게 무거웠다.

설마 싶어 무거운 머리를 받치고 비척비척 세면실로 가자, 양쪽 귀에서 브러시 같은 꼬리가 대롱 늘어져 있었다.

말도 안 돼. 아무리 이름이 덜렁이와 덤벙이라지만 두 마리 다

귓구멍에 빠지다니, 그런 이야기는 들어보지도 못했다.

냐오오옹 냐아앙
냐오오옹 냐아앙

또다시 머릿속에서 고양이 울음소리가 왕왕 울려 퍼졌다. 말 그
대로 두개골 안쪽에서.
그러자 먼저 들어간 쪽도 목소리를 맞춰 우는 게 아닌가.

냐아아앙 냐오옹 냐아아앙 냐오옹
냐오오옹 냐아앙 냐오오옹 냐아앙

두 고양이의 울음소리가 스테레오로 뇌에 울려 퍼지니 미치겠
다. 나는 비명을 지르며 도망쳐 다녔다. 그러자 고양이들은 점점
더 큰 소리로 울부짖고 좌우 귀에서 삐져나온 꼬리는 번갈아 내 얼
굴을 찰싹찰싹 때렸다.
패닉에 빠져 한참 도망 다녔지만 고양이들은 머릿속에 있으니
어디를 가든 벗어날 수 없다. 지칠 대로 지쳐 돌아와 녹색 소파에
털썩 쓰러졌다.
그러자 고양이들 소리가 딱 그쳤다.
꼬리들도 얼굴 때리기를 그치고 머리 위쪽으로 서로 휘감겨 조

용해졌다.

요컨대 자기들이 좋아하는 소파를 내가 벗어난 게 마음에 들지 않았던 모양이다.

그제야 가슴을 쓸어내리며 안도했으나 문제는 그다음이었다. 소파에서 일어날 때마다 고양이들이 항의하는 것이다. 나는 이 소파를 벗어날 수 없게 되었다. 고양이들은 끝내 내 머릿속에서 나오지 않고 눌러앉았기 때문이다.

그래서 아빠랑 엄마가 결혼한 거야.

이 소파는 엄마가 할머니 쓰시던 걸 물려받은 거라 아빠한테 줄 순 없었거든. 게다가 아빠 머릿속에 든 고양이들은 엄마의 소중한 고양이들이었으니 말이지.

뭐?

거짓말 말라고?

그럼 이걸 보렴. 봐, 지금도 아빠 양쪽 귀에 덜렁이랑 덤벙이 꼬리가 늘어져 있지? 응, 아빠도 아직 어느 쪽이 덜렁이고 어느 쪽이 덤벙이인지 모르겠구나.

화성의 운하

私 と 踊 っ て

수면에 비치는 푸른 그림자가 짙어졌다.

나뭇가지가 운하 위를 천개처럼 뒤덮은 터널로 들어선 것이다.

납작한 배에 탄 승객 위로 녹색 그물눈 무늬가 이동한다. 나뭇잎 사이로 비치는 어렴풋한 햇살이 머리를, 티셔츠를, 팔을 깜박깜박 비춘다.

귓전에 K가 뭐라 소곤거렸는데 잘 들리지 않았다.

"뭐?"

"타임 터널 같다고."

"타임 터널을 본 적 있나?"

"없지만 말이지."

K는 조그맣게 소리 내어 웃었다.

무슨 말인지는 알 듯했다. 물결이 없이 잔잔한 운하 위를 미끄러지듯 평행 이동하는 배를 타고 나아가노라니, 흡사 거꾸로 되감는 필름 속에 들어선 것 같은 기묘한 착각이 든다.

가이드의 목소리가 머리 위를 통과해 물가의 맹그로브에 흡수된다.

호안공사를 하지 않은 기슭의 회색 진창을 물이 씻어낸다. 보호색을 쓰는지, 진창과 거의 구별이 안 되는 회색 게가 움직이고 있다.

배를 타고 있기 때문이 아니다. 이 나라에 돌아오면 늘 뭔가가 되감기는 것 같다. 길 가는 사람들이 시간을 역행해 부자연스러운 동작으로 되돌아와 누가 '한 번 더!' 하고 외치고 같은 장면을 몇 번이고 다시 시작하는 것 같다.

어려서 대륙에서 건너왔을 때 일은 똑똑히 기억한다. 구체적인 기억은 아무것도 남지 않았지만, 회색의 망망하고 평평하고 너무나도 거대한 곳에서 왔다는 것만은 마음에 뚜렷이 아로새겨져 있다.

고향. 이제 이 나라가 내 고향일 터다. 그러나 그 말을 중얼거릴 때마다 떠오르는 쓸쓸한 느낌은 중년이라 불리는 이 나이가 되도록 사라질 줄 모른다. 중얼거릴 때마다 몸 한구석에 망망한 회색 바람이 불고 그 속에 든 거짓이 나를 따끔 찌른다.

운하를 미끄러져 가는 하얀 배가 문득 뇌리에 떠올랐다.

배 안에는 젊은 여자가 누워 자고 있다.

일본 사진작가가 신혼여행을 찍은 사진집에 그런 광경이 있었던가.

이 여자는? 타이난의 운하를 나아가는 배 안에 잠들어 있는 여자는 누굴까? 어느 이야기의 마지막 장면일까? 아니면 첫머리?

"세상의 종말이 찾아왔을 때⋯⋯."

K가 또다시 소곤거렸다.

"여기에 보트를 띄우고 싶군."

이번에는 내가 소리 내서 웃었다.

"그 의견엔 찬성이네. 여기서 종말을 맞이하는 것도 나쁘지 않겠어."

흰 보트 안에 말없이 앉아 있는 나와 K의 모습이 떠올랐다. 카메라는 머리 위로 상승해 주위의 세계를 비친다. 보트는 점이 된다. 세계는 쥐 죽은 듯 고요하다. 한없이 한없이 고요하다.

K가 불현듯 뭔가 생각난 듯한 표정을 지었다.

"화성에 직선으로 뻗은 운하가 있다고, 그게 외계인 문명의 자취란 설이 있었지. 요새도 있으려나?"

"그러고 보니 최근엔 못 들었군."

한동안 화성 표면에 기하학적 선이 그어져 있는 사진이 여기저기에 나온 적이 있었다. 유명한 사진이었다고 기억하는데, 혹시 가짜였을까.

그러고 보니 화성에 유인 우주선이 착륙한 것은 정부의 대규모 야바위였다는 영화가 있었다. 그 영화 탓에 인류는 사실 달에도 발을 딛지 못했다는 음모론이 등장해 아직까지도 뿌리 깊게 남아 있다. 과거 흔히 이야기되던 스테레오타입의 외계인은 생김새가 문어 비슷했는데, 그게 분명 화성인이라는 설정이었을 것이다. 화성에는 어쩐지 고풍스러운 분위기의 수상쩍음이 따라다닌다. 그것을 지금은 낭만이라고 부르는지도 모르겠다.

"타이베이는 데자뷔의 거리랬지? 그럼 타이난은?"

K가 물었다.

내가 늘 그런 말을 했던 것을 기억하나 보다. 잠시 생각했다.

"달콤한 거리려나."

"달콤한 거리?"

"어른이 되고 나서는 몇 번밖에 오지 않았네. 전부 영화와 관련한 무대 인사라든지 프로모션 때문에 온 거였지. 타이난에 관한 내 기억은 어렸을 때 기억이야. 예전엔 친척이 여기 살아서 가끔 왔거든."

천장에서 돌아가는 선풍기. 텅 빈 새장. 땅바닥에 떨어진 수박씨. 파이프 의자를 끌어당겼을 때 콘크리트에 끌리는 감촉.

"달콤한 추억이라도 있나?"

"아니, 그런 게 아니야."

오해한다는 것을 깨달았다.

"어렸을 때 과일 가게에 가는 걸 좋아했거든. 망고며 수박을 잔뜩 먹곤 했지. 타이난 하면 그 맛이 생각나는군."

'빙과 두통'이라는 말을 알게 된 것은 언제였을까.

"그쪽인가."

K는 일본 사람이지만 그 또한 어려서는 미국에 오래 거주했다. 둘이 이야기할 때는 주로 영어를 쓰고 일본어와 대만어도 일부분 섞인다. 잡탕으로 섞어 이야기하다 보면 이따금 우스꽝스러운 오해가 발생하곤 한다.

여자가 보고 있다.

움찔했다. 검은 눈동자가 이쪽을 본다.

하얀 배를 탄 여자가 이쪽을.

나도 모르게 배 안을 두리번거렸다. 관광객을 태우는 배는 납작하고 하얀 상자 모양에 은빛 난간이 붙어 있다. 안에 목욕탕에서 쓰는 플라스틱 의자를 잔뜩 갖다 놓고 거기에 손님이 걸터앉는 식이다.

자리는 삼분의 이 정도 차 있었다. 손님은 가족과 노부부가 대부분이다. 젊은 여자 그룹도 몇 있었는데, 중년 남자 둘인 우리는 거들떠보지도 않고 까까 떠들며 서로 사진을 찍어주고 있다.

그런데 또 시선이 느껴졌다.

할 말이 있는 듯한 시원스러운 눈. 연청색 퍼프소매 블라우스. 짙은 보라색 마麻 치마.

아아, 이제 알겠다.

하얀 배는 조금 전 내가 상상했던 배다. 운하를 나아가는 하얀 배에 누워 잠자던 여자가 어느새 일어나 내 머리 안에서 나를 보고 있었던 것이다.

이 여자는 누구지?

눈에 익은 얼굴이다. 과거 잘 알던 얼굴, 가까이서 본 적이 있는 얼굴.

"표정이 왜 그렇게 무서워?"

K가 놀리듯 말했다.

나뭇잎 새로 비치는 흐릿한 햇살이 K의 이마를 스친다. 어째선지 햇살이 뭔가의 영상처럼 보였다. 어렸을 때 8밀리 필름을 벽에 영사하는데 장난으로 그 앞에 서서 몸 위에서 움직이는 영상을 손가락으로 따라 그리던 게 생각났다.

반사적으로 K의 이마에 손을 뻗어 햇살을 따라 그리려던 것을 깨닫고 허둥지둥 손을 내렸다.

날 잊었어?

벽에 크게 비친 여자의 얼굴. 달칵달칵 영사기 돌아가는 메마른 소리.

"아까부터 여자 얼굴이 떠오르는데 누군지 생각이 안 나는군."

당혹스러운 기분으로 털어놓자 K는 별일 아니라는 표정을 지었다.

"그런 일은 난 벌써 허다하다고. 마흔 넘어서부터 고유명사가 얼마나 뇌 속 메모리에서 줄줄 새어나가는지. 왕년의 거물 여배우나 거장의 이름도 생각이 안 나. 얼마 전엔 글쎄, 장 가뱅이 생각 안 나지 뭔가. 오디션에서 본 여배우 아니야? 광고에 잠깐 등장했다든지."

나와 K는 동업자로, 영상 작가다.

"아니, 최근에 본 얼굴이 아니야. 아주 오랜만에 기억난 것 같은 느낌인데."

"그럼 여기 타이난하고 상관있는 거 아닌가? 소꿉친구라든지 친척이라든지."

"그렇게 예쁜 친척이 있었다면 잊어버릴 리 없지."

"오, 예뻐?"

"그냥 뭐. 처음엔 내가 상상으로 지어낸 얼굴인가 했는데."

"맞아, 그런 거 있지. 꿈속의 여자란 거야."

꿈속의 여자. 아니, 심지어 꿈속에서도 만난 적이 없는데.

"여배우로 말하면 누굴 닮았나?"

"글쎄, 누구려나. 있을 법한데 없군."

푸른 터널을 빠져나온 배 위로 갑자기 바람이 불었다.

뒤쪽에서 "앗!" 소리가 들리더니 흰 모자가 공중으로 날아오르는 게 보였다.

순간 눈앞의 세계가 하얗게 녹았다. 아무것도 없는 허공에 모자가 날아간다.

나도 머릿속으로 '앗!' 하고 소리쳤다.

어머니, 제 모자는 어떻게 되었을까요.

흰 팔이 뻗어 나와 모자를 잡았다.

모자를 잡은 손에, 팔에, 팔 임자에 시선을 주었다.

어안이 벙벙했다.

배 안에 한 여자가 서 있었다. 챙 넓은 하얀 모자를 품에 안고 있다. 연청색 퍼프소매 블라우스에 짙은 보라색 치마.

"날 잊었어?"

약간 낮고 무뚝뚝한 목소리. 그 목소리를 들은 순간, 그녀가 누구였는지 똑똑히 생각났다.

검은 눈이 나를 바라보고 있다. 슬퍼하는 것도 같고, 놀리는 것도 같은 눈이다.

이런 게 바로 백일몽인가.

나는 유난히 냉정하게 상황을 관찰하고 있었다.

다른 승객은 그녀를 알아차리지 못한 것 같다. 나와 K는 중간보다 다소 뒤쪽으로 앉아 있었는데, 승객은 모두 앞을 보고 있느라 여자가 배에 버티고 섰는데도 아무도 관심을 기울이지 않았다. K조차 느긋하게 앞만 보고 있지 내 쪽으로 시선을 돌리지 않는다.

가이드와 사공도 그녀를 거들떠보지 않는다. 다른 승객에게는 '나무와 부딪칠 수 있으니 몸을 내밀지 마라' '일어나지 마라' 하고 주의를 주면서, 그녀는 마치 시야 속에 존재하지 않는 것 같다.

"이거 놀랍군."

뜻밖에 목소리가 냉정하다.

"놀랄 거 없잖아?"

여자는 내 맞은편에 탈싹 앉았다.

"저기 앉지, 왜?"

플라스틱 의자에 눈을 주자, 그녀는 보일 듯 말 듯 혐오감을 내비쳤다.

"나 저거 싫어."

그녀는 고개를 돌리고 얼굴에 늘어진 머리카락을 쓸어 올렸다. 새끼손가락 밑 손등에 작은 나비 모양 반점이 있다.

"정말 영화감독이 됐구나."

"그래. 지금은 미국에 살아."

"성공했네. 유명한 상도 타고."

그녀는 내 발치를 보고 있었다.

"성공했는지 아닌지는 알 수 없지만 유명한 상은 받았지."

그녀는 얼굴을 들고 나를 보더니 살짝 웃었다.

추억 속 웃는 얼굴을 보니 소년 시절로 돌아간 기분이 들었다.

왕샤오요가 이름이었던 것 같다.

샤오요는 내가 타이난에서 친척을 따라 자주 갔던 과일 가겟집 딸이었다. 학교 끝나고 돌아오면 가게 일을 거들었다. 도로에 면한 테이블 사이로 늘 선명한 색깔의 과일이 담긴 은색 접시를 들고 뛰어다녔다.

그녀는 나보다 두세 살 위였다. 가끔 오는 나를 기억하며 이따금 같이 놀아주곤 했다.

마음씨가 곱고 얼굴이 예쁜 샤오요는 손님들에게 인기가 많았다. 샤오요와 같은 학교 학생들도 가게에 자주 왔는데, 그들이 원하는 게 달콤한 망고며 수박만이 아니라는 것은 어린 눈에도 알 수 있었다.

세 자매 중 큰딸이었던 샤오요는 나를 동생처럼 귀여워했다. 남자 형제를 갖고 싶었다고 털어놓은 적도 있다.

나는 샤오요에 대해 아련한 동경심을 품고 있었지만, 어렸을 때 두세 살 차이는 꽤 크다. 샤오요에게 고백하기는커녕 그런 감정을 갖고 있다는 자각조차 없었다.

그래도 중학생이 되어 염원하던 8밀리 카메라를 손에 넣었을 때, 샤오요에게 첫 비디오 영화의 주연이 되어달라고 부탁했다.

샤오요는 부끄러워하면서도 기뻐했다.

평소 잘 입지 않는 치마와 좋아한다는 퍼프소매 블라우스, 산 지 얼마 안 됐다는 흰 모자 차림으로 약속 장소에 나타났다.

그때만 해도 포장되지 않았던, 네덜란드 사람이 만든 포대砲臺 옛터를 막연히 걸어 다니는 그녀를 촬영했다.

그냥 그런 줄거리였다. 실연을 겪은 여자가 유적을 산책하다가 옛날 사람이 쓴 러브레터를 발견한다는 이야기였던 것 같다.

포대 옛터는 높은 지대에 있었다.

그녀가 쭈그리고 앉았다가 허물어져가는 벽 속에서 편지를 발견하려던 참이었다.

별안간 돌풍이 불어와 그녀의 모자가 날아갔다.

"앗!"

우리는 동시에 소리치며 황급히 모자를 쫓아갔다.

하늘로 날아오른 모자는 빙글빙글 회전하며 유적을 둘러싼 숲에 떨어졌다.

촬영은 내팽개치고 모자를 찾아다니다가 나무에 걸린 것을 간신히 발견했다.

가까스로 모자를 되찾고 누가 먼저랄 것 없이 마주 보고 웃던 우리는 동시에 같은 말을 했다.

어머니, 제 모자는 어떻게 되었을까요.

어렸을 때부터 일본 영화를 많이 본 우리는 당시 히트 쳤던 일본 영화의 홍보 카피를 똑똑히 기억하고 있었다. 주위에 일본어를 하는 어른들이 많아 귀에 익은 터라 일본어도 조금은 알아들을 수 있었다.

모자에 손을 뻗은 그녀의 손등에 작은 반점이 보였다.

나비 모양이구나. 재미있는걸.

태어났을 때부터 있던 거야. 어쩌면 난 전생에 나비였을지도 몰

라. 그거 알아? 대륙 깊이 들어가면 부탄이란 나라가 있는데 나비가 아주 많다고 하거든. 그중에서도 환상이라고 불리는 아름다운 나비가 있는데, 벌써 몇 십 년째 본 사람이 없대. 내가 그 환상의 나비였을지도 모른다고 생각하면 어째 신나지 않아?

샤오요는 반점을 문지르며 말했다.

그런 나비보다 샤오요가 훨씬 아름다워.

그런 들쩍지근한 말을 내가 했다는 게 이상했다. 말이 나온 순간 얼굴이 귀까지 새빨개진 것을 알 수 있었다.

샤오요는 놀라 나를 보더니 기쁜 표정으로 미소를 지었다.

영화감독이 될 거야? 그녀가 물었다.

응, 그러고 싶어. 나는 힘차게 고개를 끄덕였다.

영화감독이 되면 한 번 더 날 찍어줄래?

그래, 그럴게.

약속이야. 꼭 날 찍으러 와야 해.

응, 약속해.

"……미안해."

나는 머리를 숙여 사과했다. 눈앞의 그녀에게. 당시의 샤오요에게. 당시의 자신에게.

"약속을 못 지켰어. 미안해. 난 고등학교 때 미국으로 유학 가서 거점도 그쪽으로 옮겼어. 부모님도 이제 타이베이에 안 계셔."

샤오요는 엷게 미소를 지었다.

"알아. 타이난에도 이제 아무도 없지."

"그래, 아무도 없어. 친척은 대륙으로 돌아갔고, 여동생도 결혼해서 미국에 살아."

샤오요는 천천히 고개를 내저었다.

"괜찮아. 나도, 설령 네가 오더라도 만날 생각 없었는걸."

가슴이 욱신거렸다.

샤오요의 아버지는 도박을 좋아했다.

막대한 빚을 지고 가게를 날리는 바람에 큰딸인 샤오요가 고등학교를 중퇴하고 유흥업소에 취직했다는 소문을 바람결에 들었다.

"이거랑 똑같이 생긴 의자를 얼마나 많이 닦았는데. 이젠 보기만 해도 신물 나."

샤오요는 목욕탕용 플라스틱 의자를 점잖지 못하게 걸어찼다.

그러더니 불현듯 생각난 양 자신의 발을 물끄러미 보았다.

"한동안 자포자기해서 손님이랑 놀러 다닌 시기가 있었어. 밤중에 드라이브하다가 내가 더 빨리 더 빨리, 하고 막 부추기는 바람에 핸들을 못 꺾고 사고가 났어. 손님은 즉사했고 난 좌석에 왼발이 꼈어."

샤오요의 다리는 늘씬하니 아주 아름다웠다.

그녀는 다리를 빼서 치마로 삭 감추더니 나를 향해 웃음을 지어 보였다.

"그러니까 네가 왔어도 안 됐을 거야. 그런 다리로는 스크린 테스트도 못 받았을걸."

무릎을 끌어안은 그녀는 무척 어려 보였다.

"그럴지도 모르지."

침묵.

강가 풍경이, 흔들리는 녹음이 우리 둘의 좌우로 자꾸만 자꾸만
흘러간다.

"……잊어버리고 있었구나."

샤오요가 나지막이 중얼거렸다.

"미안, 잊어버리고 있었어."

나는 솔직하게 인정했다. 샤오요는 조그맣게 소리 내어 웃었다.
어딘지 모르게 달관한 듯한 투명한 웃음소리였다.

"괜찮아. 이젠 기억났으니까."

그때 그녀의 얼굴이 멀게 느껴졌다.

날 잊었어?

샤오요는 슥 일어섰다.

"샤오요?"

나는 그녀를 올려다보았다.

가슴에 모자를 안은 그녀가 더욱 멀리 있는 것처럼 보였다. 그저
그 자리에서 일어섰을 뿐인데.

등 뒤에서 강한 바람이 휙 불어 닥쳤다.

주위 나무들이 술렁술렁 흔들린다.

그녀가 투명한 웃음을 띤 채 모자와 더불어 바람에 날아갔다.

"샤오요!"

멀어져가는 그녀의 입술이 달싹이는 게 보인다.

어머니, 제 모자는 어떻게 되었을까요.

정신이 들어보니 나는 홀로 배 뒤쪽을 우두커니 바라보고 있었다.

배가 두두두 기울면서 흰 물결이 인다. 운하 막다른 곳에 다다라 뱃머리를 돌리는 것이었다.

수문을 배경으로 다들 기념사진을 찍는다. 평온한 환호성이 수문에 메아리쳤다.

"기억났나? 꿈속의 여자."

K가 놀리는 투로 말을 걸었다.

"그래."

"누군데?"

"안 가르쳐줘."

K는 어깨를 으쓱하고 그러든지 하는 표정을 지었다. 샤오요의 이야기를 할 마음은 나지 않았다.

그렇지만 문득 그에게 묻고 싶어졌다.

"처음 영화를 찍었을 때 생각나나? 누굴 찍겠다고 생각했는지 기억나?"

K의 얼굴에 허를 찔린 듯한 표정이 떠올랐다. 잠시 곰곰이 생각

하더니 이윽고 얼굴을 들고 먼 곳을 응시하는 눈초리로 운하 기슭을 바라보았다.

그도 떠올리고 있으리라. 그의 샤오요를.

분명 누구나 샤오요를 갖고 있을 것이다. 세상 모든 영화감독이 처음 자기 손으로 스크린에 새기려 한 자신의 샤오요를.

돌아올 때는 순식간에 도착했다.

돌아오는 길은 어째서 이렇게 짧은 걸까.

선착장에 이르러 승객들이 일어서면서 배가 출렁거렸다.

줄 뒤에 붙어 서서 뭍으로 올라가는 차례를 기다린다.

옆에 선 부부에게 먼저 가라고 했다. 부인이 다리가 불편한지 지팡이를 짚고 있어서 흔들리는 배 안에 서 있기 쉽지 않은 듯했다.

기품 있어 보이는 남편이 내게 머리를 숙이더니 "어?" 하며 눈을 휘둥그렇게 떴다.

"죄송합니다만, 혹시 Y감독이십니까?"

움찔했다. 설마 이런 곳에 내 얼굴을 아는 사람이 있을 줄이야.

"××상 수상, 축하드립니다. 늘 집사람과 함께 작품을 본답니다."

"감사합니다."

정중한 축하 인사에 되레 당황했다. 황급히 머리를 숙여 답례했다.

부인이 내게 얼핏 시선을 던진 듯했다. 모자를 푹 눌러 쓰고 있어서 얼굴은 보이지 않았다. 허연 센머리가 엿보인다.

"그럼 이만 실례하겠습니다. 괜찮아? 꽉 잡아. 거기 발을 얹고."

부인은 떨리는 손으로 남편의 팔을 잡고 지팡이를 사용해 힘들게 뭍으로 올랐다.

남자를 붙들고 있는 여자의 손이 보였다.

결혼반지를 낀 손가락 밑에 나비 모양의 조그만 반점이 있었다.

흠칫해서 우뚝 섰다.

부부는 서로를 부축하며 선착장 돌계단을 천천히 올라간다. 뒷모습이 다른 탑승객 틈에 섞여 멀어져간다.

환상의 나비가 날아오른다.

푸른 하늘 저편, 대륙 깊숙한 곳에 있는 숲의 나라. 아름다운 나비는 팔랑팔랑 숲을 넘어 순식간에 구름 속에 녹아들어서 흔적도 없이 사라져버렸다.

죽은 자의 계절

私 と 踊 っ て

죽은 자에게 어울리는, 죽은 자를 위한 계절이라는 게 세상에 존재한다면 언제쯤일까.

몇 년 전부터 줄곧 그런 생각을 하고 있다.

1990년대 미국 텔레비전 드라마 시리즈에 〈엑스파일〉이라는 게 있었다.

FBI에 과학으로 설명할 수 없는 종류의 사건(외계인에 의한 납치며 초능력 살인 등)을 수사하는 부서가 있다는 설정으로 아홉 번째 시즌까지 이어진 인기 시리즈다.

일 년쯤 전 디브이디를 구비할 기회가 생겨 이따금 생각나면 본다.

바로 얼마 전에도 일이 일단락되어 밤늦게 봤는데, 그중에 멕시코 불법 이민자들이 사는 촌락이 무대인 에피소드가 있었다.

도입부는 이렇다. 어느 날 촌락 근처에서 별안간 눈부신 섬광과 폭발음이 발생하더니 누런 비가 내린다. 폭발 중심에 가까웠던 곳에서 염소와 여자가 온몸이 곰팡이로 뒤덮인 시체로 발견된다.

멕시코의 전승으로 추파카브라라는 악령이 있는데, 종종 사람에게 붙어 가축이며 인간을 죽인다고 한다. 폭발 현장 근처에 있던 남자가 '추파카브라가 됐다'는 소문이 이민자 사이에 퍼지면서, 남자는 기피 대상이 되는 동시에 여자를 살해한 용의자로 쫓기는 신세가 된다.

과학적으로는, 우주에서 날아온 불덩어리에 미지의 효소가 붙어 있었고 그게 인간의 면역이 작용하는 것을 막는다고 설명되었다. 그러나 내가 흥미롭게 생각한 것은 결말 부분이었다. 멕시코 이민자 쪽에서 본 결말과 FBI 쪽에서 본 결말, 양쪽이 모두 제시되었다.

FBI 쪽은, 폭발이 발생한 곳에 방호복을 입은 화학 부대가 나타나 우연히 효소가 듣지 않아 생존한 남자를 격리해 데려간다는 결말이다.

그러나 같은 장면을 멕시코 이민자들이 보면, 정체를 알 수 없는 흰 마물, 즉 추파카브라가 이 역시 추파카브라가 된 남자와 함께 승천했다는 전설이 된다.

이 마지막 장면을 보고 비슷한 이야기가 어디 있는데 싶었는데 생각나지 않아 답답했다. 이것과 유사한 이야기를 전에 보고 들은 적이 있다.

자려고 누워서 눈을 감았을 때에야 비로소 기억났다.

마쓰모토 사린 사건이다.

1994년 6월 27일 심야.

나가노 현 마쓰모토 시 주택가에서 독가스가 살포되어(이 시점에서는 살포되었는지 누출되었는지 아직 알지 못했다) 주민이 사망하거나 중태에 빠졌다.

당초 경찰은 처음 신고한 동네 주민 남자를 유력 용의자로 수사했다.

'우주복 같은 것을 입은 인물이 부근에서 뭔가 하고 있었다'는 목격자 증언은 깡그리 무시되었다.

아닌 게 아니라 지금은 무슨 짓을 할지 모르는 범인 집단이었다는 것을 알지만, 당시에는 즉석에서 믿기 어려운 증언이었을 수도 있다. 〈엑스파일〉의 이민자들이 그랬던 것처럼, 경찰도 생물 병기며 미지의 병원체에 대응하는 특수 부대의 장비가 황당무계한 외계인으로 보였던 것이다.

아는 이 중에 과거 법의학자로서 검시를 했다는 사람이 있다.

그 사람 이야기 중 기억에 강렬하게 남아 있는 것은, 시신으로 계절을 알 수 있다는 것이다.

여름철이면 물놀이로 인해 익사자가 늘고, 겨울에는 환기 부족 탓에 일산화탄소중독 등이 많다. 그리고 백골 상태의 시신이 발견되는 것은 봄가을이라고 한다.

일본 사람은 봄이면 산나물을, 가을이면 버섯을 캐러 산에 들어가기 때문이라는 게 그 이유다. 백골 시신을 발견하는 것은 대부분 그런 사람인 모양이다. 특히 봄에 많아서 백골 시신이 나오면 봄을 실감한다고 한다.

'4월은 잔인한 달'이라는 말이 있다.

생명이 싹트는 계절. 대지도, 하늘도 생명의 기운으로 가득 차고 세계가 새로 태어난 듯 보인다. 떠남의 계절, 세대교체의 계절.

전에는 죄 새로운 것뿐이고 불쾌한 계절이라 생각했는데, 최근 생명체로서 전성기를 지나 늙어가는 게 실감난다. 내리막길에 접어든 개체에게 한창 무럭무럭 자라는 새 생명은 눈부시고 또 포악하게 느껴진다. 자리를 비키라고 밀쳐낼 것 같다.

동시에 이미 이 세상에 없는 죽은 자의 기운이 강하게 느껴지기 시작했다. 해마다 점점 강해져 바로 가까이에서 그들의 숨결을 느끼겠다.

그렇다면 죽은 자에게 어울리는 것은 이 잔인한 4월, 봄이 아닐까.

인간의 행동이 합리적이지 않다는 것은 잘 알려진 사실이다.

손익이 아니라 감정에 좌우된다.

얼마 전 텔레비전을 보는데, 과거 투자 은행에서 트레이더로 일했다는 사람이 나와 이른바 전망 이론을 설명했다.

예컨대 '다음 답안 중 하나를 골라라' 하고 질문한다 치자.

(1)

A. 80만 엔을 받을 수 있다.

B. 160만 엔을 받을 수 있지만, 50퍼센트 확률로 이득이 제로가 될 가능성이 있다.

이 경우, 대다수 사람이 A를 고른다.

그러나,

(2)

A. 80만 엔을 손해 본다.

B. 160만 엔을 손해 보지만, 50퍼센트 확률로 손실 제로가 된다.

이 경우는 대다수 사람이 B를 고른다고 한다.

즉, 이득을 볼 때는 리스크를 회피하면서 손해를 볼 때는 더 큰 리스크를 감수한다. 프로 트레이더도 그런 경향은 마찬가지라, 손실이 쌓이면 쌓일수록 '모 아니면 도' 같은 승부로 손실을 만회하려다가 결국 망한다고 한다. 이런 심리는 꼭 투자나 도박이 아니어도 알 수 있다. '지기 싫다' '실패하기 싫다'라는 생각 때문에 끼고 있는 문제들을 포기하지 못한다. 하나하나에 들이는 시간이 더욱 줄면서 점점 더 포기할 수 없게 되는 악순환.

흡사 스스로 건 저주 같다.

진심으로 바라는 것은 입 밖에 내어 말하면 안 된다고 한다. 입

밖에 내면 마물이 뀐다. 호사다마라는 말도 있다.

반대로, 실현시키고 싶은 일은 항상 주위에 표명해두어야 한다는 주장도 있다. 동기 부여가 되니까 실현시킬 수밖에 없게 되거니와 주위에서도 응원해줄 것이라고.

십중팔구 둘 다 옳을 것이다. 자신에게 저주를 건다는 점에서는 피차 똑같다. 어느 쪽이든, 결국 말이란 무섭다는 이야기다.

1994년 6월 28일 저녁이었다.

후텁지근하고 찌뿌드드한 날씨였다는 게 기억난다.

대학 때 친구가 패닉에 빠진 목소리로 전화했다.

집에 막 돌아온 참이었던 나는 처음에는 그녀가 무슨 말을 하는지 잘 알 수 없었다.

들고 들어온 우편물을 아직 내려놓지도 않은 내게 그녀가 소리쳤다.

"석간을 봐! ××가 죽었다고!"

가슴이 철렁해서 들고 있던 석간을 보자, 마쓰모토에서 독가스 발생, 주민 사망이라는 기사가 일면에 있고 흐릿한 얼굴 사진 몇 개가 나열되어 있었다.

처음에는 내가 아는 ××(A라고 부르자)라는 것을 알아보지 못했다. 단체 사진을 확대했는지 사진이 워낙 선명하지 않은 데다 내가 기억하는 얼굴과 달랐기 때문이다.

게다가 독가스라니. 지방 도시 주택가에서 어째서 독가스가?

사진을 멍하니 바라보면서도 너무나 불가해한 사건 앞에 실감이 나지 않았다.

전화한 친구가 패닉에 빠진 것도 무리는 아니었다. 그녀는 A와 친해서 그해 여름에도 같이 해외여행을 갈 계획이었다. 바로 얼마 전 연락을 주고받았다고 했다.

나는 친구를 통해 A를 알게 되어 몇 차례 차를 같이 마신 정도의 사이였지만, 정력적이고 두뇌 회전이 빨라 그 둘 다 아닌 나는 늘 압도되곤 했다. 설마 그런 A가 이런 불가해한 사건으로 목숨을 잃을 줄이야.

손안에 신문이 있고 사진이 실려 있어도 나는 여전히 반신반의 상태였다.

무더운 밤. 텔레비전을 켜자 방송국마다 이 사건을 보도하고 있었다. 경찰은 처음 신고한 인물의 집에서 농약 등을 압수했다고 발표. 이 사건이 그 뒤로도 계속될 줄은 꿈에도 몰랐다.

친분이 있는 ○○씨(B라고 부르자)가 오토바이 여행에 나섰다가 행방불명된 것은 여름이 끝날 무렵이었다.

젊어서부터 오토바이를 좋아해서 주말 같은 때 곧잘 여기저기 혼자 다녔다.

여느 때처럼 한나절 지나 돌아오겠다는 말을 가족에게 남기고 나간 B씨는 그 뒤 돌아오지 않았다. 연락도 없었다.

성인 남자가 실종될 경우 엔간해서는 경찰에서 수사해주지 않는 모양이다. 본인 의사로 모습을 감추는 사례가 제법 있기 때문이라고 한다.

그러나 가족은 받아들일 수 없었다. 아무리 생각해도 사라질 이유가 없었다. 가족은 B씨가 갔으리라 여겨지는 방면으로 가 '사람을 찾습니다' 하는 전단을 돌리고 버스 같은 곳에도 붙였다.

아무런 정보도 없이 계절만 흘러갔다.

얼마 뒤 진정되고 나서 친구는 A와 주고받은 대화를 이야기해주었다.

여행 준비는 그 애가 맡아서 했는데 계속 착오가 생겨서 예약에 애먹고 그랬어. 그랬더니 그 애가 전화로 그러는 거야.

미안, 이거 분명 나 때문이야. 나 어째 요새 계속 재수가 없지 뭐야.

A는 우리와 같은 대학을 졸업한 뒤 다른 대학에 다시 들어가 마지막 학년을 맞아서 졸업 논문을 쓰고 있었다. 매일 밤늦게까지 연구실에 남아 있느라 원래라면 자정 전에 집에 갈 리 없었다.

그렇건만 그 무렵 A는 여름 감기에 걸리는 바람에 몸이 좋지 않아 집에 일찍 가곤 했다.

게다가 그날 밤은 우연히 에어컨이 고장 나 창문을 열고 있었던 모양이다.

　내 눈에는 정력적이고 원기 왕성해 보이던 A는, 친구 말로는 섬세한 성격에 세세한 데 신경 쓰는 일면도 있었다고 한다.

　친구는 A와 통화하면서 주고받은 대화가 어떤 징조처럼 느껴졌던 모양이다.

　나 어째 요새 계속 재수가 없지 뭐야.

　나는 겁이 났다.

　역시 말하면 안 된다. 스스로 저주를 걸면 안 된다. 혹시 느끼더라도 입에 담지 말고 머리를 움츠린 채 마魔의 시기가 지나가기를 기다려야 한다.

　올해도 무더운 계절이 돌아와 창문을 열 때마다 A의 말이 생각난다. 어째서 그날 그렇게 후텁지근했고, 왜 여름 감기에 걸렸고, 왜 에어컨이 고장 났을까. 언제부터 그렇게 정해져 있었을까.

　여름, 녹음이 짙어지는 계절.

　창밖에 생명의 사나운 기운이 가득하다.

　죽은 자의 기운도 있다. 생명 못지않게 짙게, 생명이 자아내는 그림자 속에 깃들어 있다. 여름 역시 그들에게 어울리는 계절일지도 모른다.

　여자들은 점占을 좋아하고, 점을 보는 것도 좋아한다.

　사회로 나와서 보니 정기적으로 점을 보는 사람이 주위에 꽤 많기에 놀랐다.

점을 치는 쪽도, 길거리나 '점집' 같은 데 있는 게 아니라 평범한 회사원 생활을 하면서 부탁받으면 무보수로 봐주는 사람이 많아 놀랐다.

그런 사람에게 점을 본 적이 몇 번 있다. 나는 늘 봐주는 사람 쪽에 관심이 있다. 언제부터 점을 치기 시작했나. 언제 자기에게 그런 능력이 있다는 것을 알았나. 어떤 식으로 운수가 보이나. 자신의 점은 치지 않나. 사람마다 다 달라서 꽤 흥미롭다.

한편으로 보인 운수를 말로 표현하는 게 무섭지 않나 싶기도 하다. 점을 친다는 것은 상대방에게 저주를 거는 게 아닌가. 그 점이 이상하다. 하기야 저주를 걸어주기를 바라는 사람이 그만큼 많다는 것도 알고는 있지만.

문명의 이기란 대단하다. 익숙해지고 나면 그게 없던 때가 생각나지 않는다.

얼마 전 1980년대 후반에서 2000년대 전반까지를 그린 소설을 읽었다. 그 책에서 1990년대 중반 텔레비전 방송국에 근무하는 주인공이 갓 보급되기 시작한 휴대전화를 사용하자, 친구가 "창피하니까 그런 보기 흉한 물건 쓰지 마" 하고 나무라는 장면이 있다.

그랬다. 당시에는 휴대전화를 쓰면 주위에서 싸늘한 시선으로 바라보았다. 절대로 사지 않겠다고 선언하는 사람도 많았고, 나도 그중 한 명이었다.

그랬건만 지금은 다들 컴퓨터를 가지고 전세계 사람들과 연결된다.

이메일, 소셜 네트워크, 클라우드 시스템.

어느새 보이지 않는 곳에서 새 생명이 증식해 망망한 세계가 끝없이 확대되고 있다.

부고를 접한 것은 해가 바뀐 직후 메일링 리스트를 통해서였다.

그야말로 마른하늘에 날벼락 같은 소식이었다. 학창 시절 동아리 선배가 세상을 떠난 것이다.

C선배라고 부르자.

너무나도 갑작스러운 일이었다. 지방으로 출장 가서 고객과 식사하고 돌아오는 도중, 얼어붙은 길에서 넘어지며 머리를 세게 부딪쳤다고 했다.

그로부터 며칠 뒤, 끝내 의식을 되찾지 못한 채 세상을 떠났다.

장례식에 참석한 사람도, 가족도 다들 망연자실 상태였다고 한다.

설마 이런 식으로 헤어질 줄이야.

병을 앓은 것도 아니라 얼굴이 깨끗해서 잠자는 것만 같더라고 메일링 리스트에 쓴 사람도 있었다.

나는 또 어안이 벙벙했다.

석간을 멍하니 바라봤을 때처럼 모니터 화면을 바라보며 아연했다.

실감나지 않았다.

내가 속해 있던 동아리는 같이 있는 시간이 무척 길어, 학창 시절에는 다들 가족이나 다름없이 지냈다. 그 시절, 한평생 분량의 시간을 함께 보낸 것 같은 지경이었다. 그 정도로 농밀한 관계는 이제 더는 없을 것이다.

지금도 아직 믿기지 않아서, C선배는 학창 시절 이미지 그대로 다른 사람들과 더불어 살아갈 것 같다.

그 일이 기억난 것은 며칠 뒤였다.

왜 그런지 밤에 목욕하면서 머리를 감고 있을 때였다.

어째서 생각났는지는 모르겠다. 갑자기 학창 시절에 있었던 일이 머릿속에 선명하게 되살아났다.

학교 가을축제 때였다.

내가 속한 동아리는 음악 동아리로, 축제 중 강의실을 빌려 라이브 공연을 한다. 라이브하우스처럼 주스며 차를 팔고 돈을 받는다.

공연까지는 아직 시간이 남았기에 나와 친구, C선배는 축제 인파로 혼잡한 대학 구내를 구경하고 다녔다.

그러다가 점술 연구회 부스 앞을 지나쳤다.

딱히 점을 볼 생각은 없었는데 입구에 있던 여자애가 "봐드릴게요, 지금 비었거든요" 하며 끈질기게 권해서 "그럼 심심풀이로 한 번" 하고 들어갔다.

여자애 얼굴은 지금도 똑똑히 생각난다.

보통 점술가라고 하면 신비스럽다든지 수수께끼 같은 타입의 사람을 상상하게 마련인데, 그녀는 서글서글하고 시원스러운 성격이었다. 어느 쪽인가 하면 유능한 영업사원 같은 느낌. 실제로 입담도 좋고 유머러스한 게, 어디 취직했는지 모르지만 꽤나 우수한 영업사원이 되지 않았을까 싶다.

눈이 컸다. 요새 식으로 말하자면 눈빛이 강렬한 애였는데, 지금 생각하면 눈만 떠오른다.

그녀는 손금을 봤다. 차분히 보고는 묘하게 설득력 있는 이야기를 늘어놓았다. 처음에는 그다지 내켜하지 않던 우리도 점차 이야기에 빨려들어 이것저것 봐달라고 했다. 무슨 말을 들었는지 실은 대부분 잊어버렸다. '당신은 이런 사람입니다' 하는 식으로 여러 이야기를 들은 것 같은데, 지금 와서는 자기 성격 따위 아무래도 상관없다.

어쨌거나 다 같이 왁자지껄 즐겁게 점을 봤다.

꽤 오래 있으면서 추가 요금까지 냈으니 제법 재미있었던 모양이다.

"라이브 시간 다 됐는데 그만 갈까요?"

시계를 보고 나와 친구가 일어서려 하자 C선배가 "그럼" 하고 말했다.

"마지막으로, 어떻게 죽을지 봐달라고 하자."

나와 친구는 "헉, 그런 거 싫어요!" 하고 부르짖었다.

"뭐 어때? 이 기회에 보자고."

C선배가 여자애에게 "부탁해"라고 했다. 나와 친구도 마지못해

"그럼" 하고 동의했다.

점술사 여자애는 이번에도 유머를 섞어가며 나와 친구의 손금을 보더니 노쇠, 노년에 질병으로, 하고 웃으며 시원스럽게 말했다. 그렇기에 나와 친구는 별로 대단한 점을 봤다는 느낌이 없었다.

마지막으로 그녀가 C선배의 손금을 보았다.

잠깐 보더니 '어?' 하듯 의아한 표정을 지었던 기억이 있다.

우리는 그 모습이 어쩌 마음에 걸려 입을 다물고 그녀를 주목했다.

그녀는 진지한 표정으로 C선배의 손을 보고 있었다.

얼마 뒤 나지막이 중얼거렸다.

"……사고?"

우리는 입도 벙긋 못 하고 서로 바라보았다.

C선배는 "엥, 사고야?" 하고 물었다.

그런데 그녀는 C선배의 손에서 시선을 떼지 못했다.

C선배의 얼굴에도 막연히 불안한 빛이 떠올랐다.

이윽고 그녀는 담담한 목소리로 말했다.

"음, 쉰 살쯤 되면 갑작스러운 사고를 조심하는 게 좋겠어요."

"엥."

C선배가 투덜거렸다.

그것으로 끝이었다.

라이브 시작까지 얼마 남지 않았던 터라 우리는 서둘러 동아리 방으로 돌아왔다. 곧 연주에 정신이 팔려 이때 점을 봤다는 것을

까맣게 잊어버렸다.

나도 그랬다. 이날 머리를 감을 때까지 잊어버리고 있었다.

C선배도, 당시 스무 살 안팎이던 자신이 쉰 살이 된다는 것은 상상할 수 없었을 테니 까맣게 잊고 살지 않았을까.

그러나 나는 그때 일이 너무나도 선명하게 생각났다. 당혹스러울 정도로.

그래, 그때 손금을 봤다. C선배가 부탁해서, 그때 점술사 여자애는 그런 말을 했다.

다음 순간, 메일링 리스트에서 읽은 부고 중 한 문장이 생각났다.

C선배는 향년 50세였다.

올해도 무더운 여름이 찾아와 창문을 열어놓는 시간이 길어졌다.

창밖의 농밀한 기운.

이제는 독가스 아닌 것을 걱정해야 하는 세계가 되었다. 눈에 보이지 않지만, 역시 바로 가까운 곳에 죽은 자의 기운을 띠고 분명히 존재하고 있다.

작년부터 올해에 걸쳐, 십칠 년간 도피 생활을 계속하던 지하철 사린 사건의 주범이 체포되어 수사가 종결되었다는 기사가 신문에 실렸다.

B씨는 작년 봄에 찾았다.

산 중턱에서 부서진 오토바이와 함께 발견되었다고 한다.

발견한 사람은 역시 산나물을 캐러 산에 들어간 사람이었다.

계절은 돌고 돈다.

죽은 자에게 어울리는 계절은 언제일까.

벚꽃이 필 때마다, 열대야라는 뉴스를 들을 때마다 생각한다.

그리 멀지 않은 곳에 그들은 우리와 더불어 존재한다. 우리와 그들이 있는 곳은 별 차이가 없지 않을까. 이제는 자꾸만 그런 생각이 든다.

극장에서 나와

私 と 踊 っ て

육중한 문이 두 스태프에 의해 좌우로 활짝 열리고 안에서 얼굴이 상기된 관객이 우르르 쏟아져 나왔다.

흥분한 표정, 만족스러운 표정. 모두가 눈을 반짝이며 일행과 일제히 이야기를 시작해 로비가 단숨에 시끌시끌해졌다.

팸플릿을 사거나 로비에 즐비하게 늘어선 꽃에 적힌 보낸 사람의 이름을 감동 어린 표정으로 바라보는 관객과 교통편 시간을 신경 쓰느라 걸음을 빨리하는 관객들이 뒤섞여, 여기저기서 인파의 흐름에 작은 혼란이 발생한다. 극장 스태프와 웃으며 담소를 나누는 이는 유명한 영화감독이다. 어째선지 그곳만 환하다.

"……소개해줘?"

소녀는 자신이 멈춰 서서 감독을 바라보고 있다는 것을 깨닫고 흠칫했다.

몸을 가볍게 굽히고 가까이에서 자신을 들여다보는 남자와 눈이 마주치자 가슴이 두근거렸다. 황급히 고개를 흔들었다.

"아뇨, 괜찮아요. 말씀 중이시고요."

"정말?"

"네. T씨, 이다음은 미팅이죠? 그만 나가요."

소녀는 일부러 등을 돌리고 앞장서서 걸음을 뗐다.

소녀의 등을 향해 남자가 물었다.

"어땠어?"

소녀는 명랑한 표정으로 돌아보고 생긋 웃는다.

"아주 좋았어요. 특히 M씨가."

"응, 그러게. 그 애, 요새 한창 물올랐지. 화제작이 줄줄이 이어지고."

크게 고개를 끄덕이는 남자를 보고 소녀는 마음이 약간 복잡해졌다.

"나이도 아직 어린데 교태가 있다고 할지, 요염한 데가 있어. 아, 동갑이던가?"

"아뇨, 저보다 한 살 위예요."

소녀는 딱딱한 목소리로 대답했다.

남자는 뜻밖이라는 듯 탄성을 지른다. 놀란 모습에 또다시 가슴이 살짝 욱신거렸다.

"저런, 겨우 한 살 차이야? 뭐, N하고는 타입이 다르니까. 난 N은 계속 그대로 있어주면 좋겠는데. 여자아이는 눈 깜짝할 새 변하니 말이지."

아마 자기 딴에는 소녀를 칭찬한다고 한 말일 것이다.

관심을 가져주는 자상한 오빠. 그는 소녀의 급속한 성장을 바라지 않는다. 언제까지고 귀여운 동생으로 있어주기를 원한다.

"미안, 같이 식사하고 싶었는데 벌써 많이 늦어서 말이야. 난 그만 가야겠어. 역에서 내려줄 테니까 같이 타고 가자."

남자는 소녀의 표정을 개의치 않고 손목시계를 보더니 허둥지둥 차도로 몸을 내밀고는 손을 흔들어 택시를 잡았다.

택시에 올라타 돌아본 남자에게, 소녀는 한 발짝 뒤로 물러나 천천히 고개를 흔들었다.

"전 됐어요. 오늘 밤은 날도 따뜻하고 걷고 싶은 기분이라서요."

"저런, 괜찮아?"

"진짜 괜찮아요. 여운을 음미하고 싶거든요."

"알았어. 그럼 또 보자. 내가 연락할게."

탁 하고 문 닫히는 소리를 남기고 택시가 출발했다. 순식간에 미등 불빛이 멀어져간다. 뒤창으로 보이는 머리는 돌아보지 않는다.

소녀는 차를 배웅하고 조그맣게 한숨을 내쉰다.

이윽고 천천히 걸어갔다. 사람들이 저마다 슬렁슬렁 걷는 밤거리의 공기를 들이쉰다.

요염이라.

속으로 조그맣게 중얼거리며 완만한 비탈을 느릿느릿 올라가자, 에어포켓처럼 건물들 사이에 빠끔히 자리하는, 정말 고양이 낯짝만 한 조그만 공원이 보였다.

나무 한 그루가 푸릇푸릇 우거졌고, 그 옆에 가로등이 있어 마치 스포트라이트를 비추는 것처럼 동그랗게 땅바닥을 비춘다.

잘라낸 것 같은 환한 공간을 바라보던 소녀는 홀린 것처럼 휘청휘청 다가가 스포트라이트 속에 섰다.

고개를 수그리고 꼼짝 않고 있던 그녀가 얼굴을 들었을 때, 그것은 다른 여자의 얼굴이었다.

"······당신은 스물여섯 아니면 스물일곱 살쯤? 그런데도 꼭 풋내 나는 중학생 같네."

여자는 어두운 눈빛으로 내뱉듯 중얼거린다.

방금 본 연극. 〈벚꽃 동산〉의 라네프스카야.

"이제 어른이 될 만도 하잖아? 그 정도 나이를 먹었으면 사랑에 빠진 사람의 기분쯤은 이해해야지. 스스로 그런 기분을 한번 맛보라고! 당신도 사랑을 해보는 거야! 그래, 맞아! 당신도 나랑 마찬가지, 혼자 고결한 척하지 마! 그저 괴짜에 별종, 기형에 불과하면서!"

거기까지 단숨에 대사를 읊은 소녀는 넋을 놓았다.

맥없이 손을 늘어뜨리고 밤의 공원 불빛 속에 우두커니 섰다.

그때까지 알아차리지 못했던 벌레 울음소리가 조용히 그녀를 에워싼다.

이윽고 퍼뜩 정신이 든 듯 주위를 두리번거리더니 살짝 쓴웃음을 짓는다.

소녀는 천천히 가로등 밑을 벗어나 공원을 나섰다. 그러고는 밤거리의 불빛을 향해 힘차게 달음질쳐 금세 보이지 않게 되었다.

둘이서 차를

私 と 踊 っ て

이제 와서 생각하면 정말 꿈같은 이야기입니다.

지금까지 아무한테도 말해본 적이 없어요. 꽤 오래전 일이기도 하고, 나한테 정말 그런 일이 벌어진 게 맞나 이젠 잘 모르겠고 말이죠.

그러니까 적당히 감안해서 들어주세요. 어쩌면 제가 멋대로 기억을 만들어내고 고쳤을지도 모르니까요.

발단은 사랑니입니다. 아니, 〈둘이서 차를tea for two〉일까요.

아 네, 〈둘이서 차를〉이란 건 곡명입니다. 들어본 적 없으신가요? 이런 멜로디인데요.

네, 아주 유명한 곡이죠. 미국 뮤지컬에 사용됐던 곡인데, 분명히 1920년대에 작곡됐을 겁니다. 그 뒤 도리스 데이가 주연한 영화에

쓰이면서 유명해진 모양입니다.

사랑니 쪽은 말이죠, 제가 스물한 살이던 해 가을이었습니다.

좀 이르죠? 사람에 따라선 마흔 살쯤 될 때까지 아무렇지 않다
고도 하는데요. 왼쪽 위 사랑니가 갑자기 욱신거리기 시작한 겁니
다. 그것도 최악의 타이밍에.

음대 피아노과에 다니던 제가 일본에서 가장 권위 있는 음악 콩
쿠르에 나가서 2차 예선을 앞둔 전날 밤이었던 겁니다.

코트를 입기엔 아직 이르겠지 싶어서 재킷에 셔츠 차림으로 다
녔는데 갑자기 기온이 떨어졌어요. 추웠던 게 안 좋았던 모양입니
다. 저녁 먹는데 갑자기 욱신거리기 시작해서, 말 그대로 머리 뚜
껑을 꿰뚫는 것 같은 통증이 단속적으로 계속되는데 진통제도 안
듣고 말입니다. 그거, 아프기 시작한 다음 먹으면 소용없다는 것
같죠? 다음 날이 중요한 2차 예선이건만 한숨도 못 잤습니다. 통증
은 엄청나지, 왜 하필 이런 중요한 날에, 하고 충격이었죠. 날 밝을
무렵엔 정말 울고 싶은 기분이었습니다.

기권도 생각해봤지만, 이날을 위해 오래전부터 준비해온 터라
꼭 나가고 싶었습니다. 통증으로 몽롱한 채 연습실에서 손가락을
풀었죠. 그렇지만 도무지 연주에 집중을 못 하겠더군요.

그때 최대급의 통증이 닥쳤습니다. 한순간 기절할 정도로 아팠
어요.

그 순간, 머릿속이 새하얘지면서 기묘한 일이 벌어진 겁니다.

그 느낌은 지금도 기억합니다.

누가 머릿속으로 들어왔다고 할지, 제 머릿속 어딘가에 있던, 그때까지 잠들어 있던 누군가가 눈을 떴다, 각성했다 하는 느낌이었습니다.

어때요, 황당무계하죠? 이야기를 계속해도 되겠습니까? 저 역시 이렇게 이야기하면서도 믿기지 않는 기분이니까요.

물론 그때는 그런 생각을 하고 있을 상황이 아니었으니까 어질어질한 머리를 때려 필사적으로 정신을 차리려 했죠. 식은땀이 솟아 의자에 앉아 있는 것조차 힘들 지경이었습니다.

진정하자, 진정해. 그걸 치는 거야.

전 자신을 그렇게 타이르고 〈둘이서 차를〉을 연주했어요.

실은 그게 제 부적 같은 곡이라 말이죠.

어려서 피아노 학원에 처음 갔을 때, 저희 선생님은 처음부터 레슨을 하지 않고 얼마 동안 피아노로 놀게 하셨거든요. 악보도 안 보고 선생님과 같이 엉터리로 아무렇게나 피아노를 쳤답니다. 피아노 한 대에 나란히 앉아서 선생님이 치는 곡을 따라서 치고 말이죠.

그때 맨 처음 익힌 게 이 곡이었습니다. 원래는 연탄이라고 해서 두 명이 같이 연주하는 곡인데요. 그 뒤로 긴장하거나 막히거나 했을 때 이 곡을 치면 마음이 놓이더군요.

그래서 오랜만에 쳐봤습니다.

그런데 어째 이상한 겁니다. 이가 아픈 것 때문에 여느 때와 다르게 들리는 건가 싶었습니다. 그러다가 퍼뜩 깨달았어요.

연탄용 악보 중에서 저는 한쪽 파트만 치는데, 들리는 건 두 사람분이지 뭡니까!

누가 나머지 한쪽을 치고 있었어요!

제 머리가 이상해진 줄 알았습니다. 환청인가 싶었고요.

그런데 갑자기 머릿속에서 목소리가 들리는 겁니다.

'좋은 곡이야.'

아니, 정확히 말하면 좀 다른가요. 목소리가 들렸다고 할지, 목소리가 느껴졌다고 할지…… 어떻게 설명해야 좋을까요.

누군가의 의식을 느꼈다고 하는 게 그나마 가까울까요. 그 증거로 '그'가 어느 나라 말을 했는지 마지막까지 알 수 없었습니다. 일본어도 아니고 외국어도 아니었어요. 뭐랄까, 이미지 덩어리 같은 걸 느꼈을 뿐.

그때 건반이 움직였는지 아닌지는 기억나지 않습니다. 다른 한 사람의 파트가 동시에 들린 건 분명한데, 그 한 명이 물리적으로 피아노 건반을 눌렀는지 아닌지 그건.

이 때문에 나중에 몇 번이고 저 자신을 설득하려 했죠.

그건 콩쿠르 당일이란 극한 상황에서 치통에서 벗어나기 위해 무의식이 만들어낸 또 하나의 '나'가 아니겠느냐고 말입니다. 학대당하는 어린애가 그러는 것처럼요.

그렇지만 '그'는 자기가 저라는 타인 안에 있고 저한테 이야기하고 있다는 걸 이해하고 있었습니다. 처음엔 그도 상황이 파악되지 않아서 혼란스러워한 것 같습니다만.

하지만 전 완전히 패닉 상태였습니다. 아니, 패닉 정도가 아니라 생각하길 거부했다고 할지.

두 사람분의 음이 들리는 〈둘이서 차를〉을 연주하면서 전 넋이 나가 있었습니다. 소위 자동필기 상태였다고 할까요.

그날 2차 예선에 대한 기억이 없어요. 아니, 영상으로는 기억합니다. 제가 무대에 서서 연주한 건 분명한데, 제가 피아노를 쳤다는 실감이 없습니다.

그렇지만 이것 하나만은 확실합니다. 그날 제 연주가 전에 없이 훌륭했다는 거죠.

사실 전 피아니스트로서 중대한 결점이 있었습니다.

무대 공포증이 있거든요.

대개는 괜찮은데 어쩌다가 불안 스위치가 켜지면 맥을 못 추는 겁니다. 오랜 연습을 통해 많이 나아지긴 했지만, 이런 큰 콩쿠르 중에 스위치가 켜지면 어쩌나 하는 불안이 있었습니다. 1차 예선은 연주 시간이 짧아서 단숨에 끝낼 수 있지만, 2차 예선은 사십 분 가까이 연주해야 하거든요. 그런 상황에 이런 엄청난 치통이니 말이죠. 불안 스위치가 있는 대로 다 켜져서 이제 틀렸다 싶은 마음하고, 반대로 통증에 정신이 팔려 괜한 긴장을 안 하고 넘어갈 수 있을지도 모른다는 기대, 두 마음이 다 있었습니다.

어쩌면 그 틈새에 '그'가 파고들 여지가 있었던 게 아닐까요.

아무리 생각해도 그날 제가 피아노를 친 게 아니거든요.

'그'가 연주했던 겁니다.

제 안에서 깨어난 누군가. 그 누군가가 피아노를 쳤습니다. 베토벤도 쇼팽도 라흐마니노프도. 청중이 열광했던 게 어렴풋이 기억납니다. 객석에서 듣고 있던 선생님이 얼굴이 시뻘게져서 오셔서는 잘했다, 너라면 해낼 줄 알았다, 하시는데 전 그저 멍하니 있었습니다. 어쨌거나 사랑니는 아프지, 제가 연주했다는 실감은 없으니 말이죠. 선생님은 전부터 제 무대 공포증을 저보다 더 걱정해주셨거든요. 그것만 없으면 정말 훌륭한 연주자인데, 하고 늘 말씀하셨죠.

전 2차 예선을 통과했습니다.

치통은 소강상태였습니다. 그 상황에서 이를 뺐다간 열이 나거나 부을 게 뻔하니까 이럭저럭 달래가며 참기로 한 겁니다.

그 뒤 콩쿠르가 끝날 때까지 기묘한 느낌은 사라지지 않았습니다. 제 안에 누가 있어 그 사람이 연주한다는 느낌. 심지어 날이 갈수록 더 강해지는 것 같더군요.

'그'는 제가 피아노를 공부하는 학생이고 중요한 무대에 서야 한다는 걸 이해하는 듯했습니다. 연습하다 보면 뭐라 말할 수 없는 묘한 기분이 드는 겁니다. 제가 연습한다기보다 '그'가 저를 통해 연습한다는 느낌이었어요. '그'는 3차 예선 과제곡을 찬찬히 음미하고 이것저것 시도해보는 것 같았습니다. 제가 좋아하는 슈만과 슈베르트를 중심으로 짠 프로그램을 저를 통해 연주해보는 거죠. 그런데 그게 얼마나 정확하던지요. 제가 늘 애먹던 부분도 손가락에 힘 들어가는 게 예전과 전혀 다른 것이 꼭 깃털처럼 가볍더군요. 그래, 이렇게 치는 거였구나. 연습하는 동안 깨달음의 연속이었습니다. 그렇게 해서 기술에 정신 팔리지 않고 연주하게 되고 났더니, 지금까지 영 잡히지 않던 곡상이 전혀 다른 식으로 떠올랐어요. 정말이지 '계시'에 가까운 충격이었습니다.

이 곡은 이렇다, 이렇게 쳐주기를 원한다, 이런 식으로. 그런 확신이 불현듯 떠오르는 겁니다. 그게 아주 자연스럽고, 하나같이 설득력이 있어요. 납득이 됩니다.

'그'와 함께 저도 죽을힘을 다해 연습했습니다. '그'의 생각을 따라가려고 노력했죠. 그렇게 집중해서 연습한 건 그때가 처음이었을지도 모릅니다.

3차 예선에서 연주한 육십 분은 나중에 '신들린 것 같았다'는 말을 들었을 정도입니다.

콩쿠르 무대에서 연주하고 있다는 사실보다 '그'가 원하는 대로 연주해야 한다는 데 정신이 팔린 나머지 무대 공포증이 있다는 것도 잊어버렸습니다. 이때 '그'와 제가 하나로 합쳐지기 시작했다는 느낌이 들었어요.

전 백 명이 넘는 참가자 가운데 본선에 진출하는 여섯 명 중 한 명이 되었습니다.

본선은 오케스트라 협주곡입니다.

제가 꺼낸 악보를 보고 '그'가 엄청 흥분한 걸 알겠더군요. 저까지 덩달아 마음이 들뜨는 것 같고 마음이 술렁거렸습니다.

슈만의 피아노협주곡이었습니다.

'이걸 또다시 연주할 수 있다니.'

'그'가 그렇게 생각하는 걸 알 수 있었습니다.

또다시? 무슨 뜻일까? 문득 의문이 들었지만, '그'가 연습에 푹 빠져 있던 터라 저도 푹 빠져 쫓아갔습니다.

리허설 때도 '그'는 흥분해 있었습니다. 기묘하게도 지휘자를 보고 있으면 이따금 이중으로 보일 때가 있더군요. 아니, 그보다 지휘자 위에 또 다른 사람의 영상이 겹쳐지는 것 같았어요. 지휘자는 젊은 신예 일본인이었는데, 영상은 콧날이 오뚝하고 눈초리가 날카로운 서양인처럼 보이는 겁니다.

전 속으로 '앗' 하고 소리쳤습니다. 아무리 봐도 과거 '제왕'이라고 불리던 독일 명지휘자의 젊은 시절 모습이었거든요.

'그'는 대체 누굴까?

저는 그때 처음으로 그런 생각을 했습니다. 거꾸로 말하자면 그때까지 '그'의 정체에 관해 깊이 생각을 안 해본 게 이상하죠. 생각하는 걸 거부했는지도 모르고, 또 하나의 자신이라고 생각하고 싶었던 걸지도 모릅니다.

그러다 문득 '그'가 어떤 이름을 떠올렸습니다.

'콘스탄틴……'

충격이 온몸을 훑었습니다.

설마.

자기가 떠올려놓고도 믿기지 않았습니다.

설마 L인가?

애초에 제가 본선 연주곡으로 슈만의 콘체르토를 고른 건 L을 존경하고 L의 연주를 동경했기 때문이었습니다.

슈만의 콘체르토는 피아노협주곡 중에서도 까다로운 곡으로 간주됩니다. 매끄럽고 우아해서 들을 때는 그렇게 어려운 것 같지 않은데, 쉬지 않고 연주하기 때문에 오케스트라를 끌고 나가기가 여간 힘든 게 아니거든요. 타이밍을 놓치고 나면 수복이 불가능하고 말이죠. 러시아의 테크니션이라고 불리는 젊은 피아니스트가 이 콘체르토를 연주하면서 오케스트라를 끌고 나가지 못해 엉망진창이 되는 걸 본 적이 있습니다. 이 곡을 만만히 보고 연습을 충분히 안 했다는 게 명백하더군요. 무서운 곡이라고 객석에서 벌벌 떨었죠.

지금도 슈만 콘체르토의 역사에 길이 남을 명연주로 여겨지는 L과 헤르베르트 폰 카라얀의 녹음. 그 유명한 미켈란젤리조차 자신의 슈만 콘체르토 연주에 열광하는 청중에게 "당신들 L을 들어본 적이 없군요"라고 했다죠.

그렇지만 L 본인은 자기 연주에 불만이 있어서 한 번 더 녹음하길 열망했다고 합니다.

콘스탄틴은 L의 본명이었어요.

전 덜컥 겁이 났습니다. '그'는 제 안에서 이 콘체르토를 연주하려는 겁니다. 생전에 한 번 더 연주하길 바랐던 이 곡을.

전 '그'의 연주로 콩쿠르에서 우승했습니다.

'그'의 슈만은 훌륭했습니다. 청중도 심사위원도 감격했지만, 무엇보다 제 자신이 감동했습니다. 그런 체험은 두 번 다시 없을 테죠. '그'는 그 뒤로도 저를 떠나지 않았습니다. 어쩌다 그렇게 됐는지, 왜 저였는지는 모르지만, 일약 주목을 받은 전 연주회로 바쁜 나날을 보내기 시작했습니다.

'그'는 탐욕스러웠습니다. 원래도 레퍼토리가 많은 사람이었는데, 잇따라 새로운 곡에 손을 대더군요. 그것도 세심하게, 겸허하게, 찬찬히 곡을 음미해서 자기가 이해하기 전까지는 남들 앞에서 연주하지 않아요.

사람들은 저더러 '환골탈태'했다고 했습니다. 무대 공포증은 어디론가 싹 사라져버렸죠. 솔직히 무대 공포증 같은 걸 느낄 겨를도 없이 '그'의 정진을 쫓아가는 게 고작이었거든요. 어쨌거나 다른 사람들 눈에 '그'는 저고 저는 햇병아리 연주자에 불과하니까요.

제 안에서 지금까지의 공백을 메우고 세월을 만회하려는 '그'의 끝없는 요구에 부응하기는 쉽지 않은 일이었습니다. 끊임없이 들어오는 연주 의뢰를 받아들인 건 제가 아니라 '그'였어요. 피곤해 죽을 지경이었지만, '그'가 제 안에서 느끼는 기쁨에 저도 고양되어서 부지런히 공부했습니다.

'그'의 흥미는 끝이 없더군요. 시디나 인터넷 배급, 전자악기 같은 새로운 음악 기술에도 관심이 여간 아니었고요. 록에 가요, 랩, 민속음악, 죄 흥미진진해하면서 뭐든 가리지 않고 듣고 싶어했죠.

이윽고 '그'는 연주 여행 틈틈이 작곡을 시작했습니다.

원래 데뷔 당시엔 작곡가였거든요. 콘서트 피아니스트가 되기 훨씬 전에 말이죠. 컴퓨터 한 대만 있으면 작곡도 편곡도 가능한 기술에 '그'가 관심을 보이지 않는 게 오히려 이상하죠.

앙코르 등으로 자작곡을 선보이다 보니 드문드문 작곡 의뢰가 들어오기 시작했습니다. 물론 '그'는 무척 기뻐하면서 작곡에 몰두했어요.

'그'가 특히 강한 관심을 보였던 건 영화음악이었습니다. '그'가 죽은 건 1950년인데, 그 뒤 영화음악에서 보인 다양한 발전이 흥미로웠던 모양입니다.

훗날 기적의 오 년이라고 불린 제 연주 기간은, 저한테도 콩쿠르 이래 열에 들뜬 듯한 기이한 오 년이었습니다.

어렸을 때부터 몸이 약했고 성장해서도 난치병을 앓은 '그'는 연주 활동도, 작곡 활동도 충분히 못 한 채 서른세 살이란 젊은 나이로 세상을 떠났습니다. 그런 '그'가 저라는 젊고 건강한 몸뚱이를 손에 넣어 여한 없이 활약한 듯한 세월이었습니다. 어렸을 때부터 '그'를 숭배했던 저한테도 그건 바라 마지않는 일이었습니다. 전 '그'와 더불어 음악가로서 멋진 체험을 할 수 있었습니다.

저와 '그'의 공통점으로 말하자면 손이 크다는 것, 우직하게 연습한다는 것, 낯을 가리는 면과 붙임성 있는 면이 공존한다는 것.

주제넘은 말이기는 해도 '그'와 제가 닮았다고 생각했기에 전 '그'를 동경했을지도 모르고, '그'가 제게 온 걸지도 모릅니다.

하지만 그런 행복한 나날도 어느새 끝나가고 있었습니다.

저도 '그'도 음악에 푹 빠져 있던 나머지 제 육체가 비명을 지르는 걸 알아차리지 못했습니다.

당시 저는 거의 잠을 안 잤어요. '그'와 더불어 계속 흥분 상태로 잠자는 시간도 아껴가면서 음원을 듣고, 연습하고, 작곡하고, 연주여행을 다녔습니다. 말하자면 두 사람분의 인생을 한 명의 육체로 소화한 거나 다름없습니다. 내내 이상 상태로 지내는 데 익숙해지는 바람에 그게 몸에 얼마나 큰 부담을 주는지 몰랐던 겁니다.

녹음과 연주 활동이 이어지던 9월이었습니다.

파리 시내에서 신호등이 바뀌기를 기다리는데 문득 어디선가 쇼팽의 왈츠가 들려왔습니다.

조용하고 부드러운 왈츠.

한동안 잊고 있던 떨림이 파도 소리처럼 등에 밀려들더군요. 전 동요했습니다. 아니, 동요한 건 '그'였을까요.

그리운 멜로디.

가슴을 옥죄는 이 아픔.

'아아, 그랬지.'

'그'가 중얼거리는 게 느껴졌습니다.

저도 기억났습니다.

마지막 콘서트, 브장송에서 있는 힘을 쥐어짜, 다른 사람의 도움을 받아가며 간신히 무대에 섰던 마지막 콘서트.

약속했다, 연주해야 한다.

그런 집념과 책임감만이 '그'를 움직이고 있었습니다.

이젠 혼자 힘으로 일어설 수도 없었다, 의사는 화를 냈다, 하지만 다들 알고 있었다, 이게 최후의 콘서트가 되리란 걸. 아내는 아무 말도 하지 않았다, 잠자코 무대로 향하는 남편을 배웅했다, 음악가 남편을 무대로 보냈다.

청중도 알고 있었다, 모두가 알고 있었다, 팬들과 음악가들이 돈을 모아 값비싼 약을 사주었다, 하루라도 더 오래 연주할 수 있게.

9월의 그날, '그'는 이럭저럭 무대에 섰다, 건반 앞에 앉으니 이상하게 몸이 꼿꼿이 펴졌다, '그'가 무대에 선다는 말을 듣고 많은 팬이 왔다, 홀에 들어가지 못한 사람들이 문밖에서 귀를 갖다 대고 마지막 연주를 들었다, 더는 손가락을 못 들겠다, 과거 코르토가 절찬한, 한숨이 나올 듯한 완벽한 테크닉으로 하늘을 날듯 건반 위에서 춤추었던 '그'의 손가락은 이제 움직이지 않는다, 그래도 그는 쇼팽의 왈츠를 연주했다, 기도하듯, 속삭이듯, 아름다운 터치로……

전 그 뒤 얼마 안 되어 길거리에서 쓰러졌습니다. 뇌에서 대량으로 출혈한 겁니다.

목숨을 부지해 이럭저럭 일상생활에 지장이 없을 정도로는 회복됐지만, 전처럼 피아노를 연주할 순 없었습니다.

오랜 입원과 재활 치료에서 해방돼 겨우 집으로 돌아왔더니 피아노와 컴퓨터에 먼지가 뿌옇게 쌓였더군요.

전 느릿느릿 피아노 앞에 앉아 뚜껑을 열고 건반을 물끄러미 응시했습니다.

'그'는 침묵했지만 아직 제 안에 있다는 걸 알 수 있었습니다. 마지막에 가선 '그'와 제가 일체화되다시피 해서, 연주하는 게 '그'인지 저인지 알 수 없었죠.

'그'와 저는 건반을 물끄러미 보고 있었습니다.

이제 더는 슈만의 콘체르토를 연주할 수 없습니다.

'고마워.'

'그/저'는 그렇게 중얼거렸습니다.

저는 아주 오랜만에 피아노를 쳤습니다.

더듬더듬 서툰 〈둘이서 차를〉.

그러자 또 한 명의 소리가 나더군요.

어째선지 두 사람분의 〈둘이서 차를〉이 들렸습니다.

피아노를 최근 들어 배우기 시작한 어린애 같은 연주로.

그리고 '그'는 사라졌습니다.

어쩌면 '그'는 이제 완전히 제가 된 걸지도 모릅니다. 아니면 이제 '그'가 필요 없어서 스스로 만들어냈던 '그'를 없앴는지도 모릅니다.

그렇지만 '그'가 없어지고 나서도 전 작곡가로 활동을 계속하고 있습니다.

영화음악 일도 조금씩 늘었습니다.

염원하던 메이저 영화의 음악도 이번에 담당하게 됐답니다.

분명 '그'도 기뻐할 겁니다. 만약 이 시대에 '그'가 살아 있었다면 꼭 하고 싶어했을 일이니까요.

성스러운 범람

私 と 踊 っ て

"어떠신가요? 뭐 보이시나요?"

대각선 맞은편에 앉은 노부인은 아까부터 왼쪽 귀의 귀걸이를 연신 만지작거리고 있었다. 어쩌면 무의식중에 나오는 버릇인지도 모르겠다. 냉정한 척하지만 내심 안절부절못하며 뭔가를 두려워하는 것 같다.

"네, 조금. 막연한 이미지입니다만."

나는 쓴웃음을 지으며 테이블 위 사진에 앉은 파리를 손으로 쫓았다.

벌써 오후도 느지막한데 강바람은 뜨거웠다. 건조한 것도 같고 습한 것도 같다.

기이한 사진이었다. 아주 오래된 사진. 흑백사진이라기보다 갈색으로 변색되었다.

물속에 잠겨 있다. 홍수가 난 것 같다. 거무스름한 물. 고풍스러운 거리를 쪽배로 오가는 사람들. 그리고 무엇보다도 기이한 것은 그 안쪽에 신기루처럼 거대한 피라미드가 솟아 있다는 점이었다.

언뜻 보면 합성사진이나 트릭처럼 보이지만, 댐이 생기기 이전의 이집트라는 것을 깨달았다. 교과서로만 알고 있던 나일강의 범람이다. 멀리 에티오피아의 고원에서 깎여 흘러온 흙이 범람한 강물과 더불어 대지를 메워 비옥한 농지를 남기고 간다.

"저…… 어떤 식으로 보이는지요?"

노부인은 머뭇머뭇 물었다. 손가락은 여전히 귀걸이를 만지고 있다.

"사진을 찍은 현지에 가봐야 한다는 말씀은 들었는데요."

그에 대해서는 의뢰자들이 모두 의아하게 여기는 듯했다.

"글쎄요, 보인다기보다 떠오른다는 느낌일까요. 사진을 찍은 사람의 사념이 남아 있어서 그에 반응한다, 사진을 찍은 사람과 동화된다, 하는 건 상상할 수 있으시겠습니까?"

"사진을 찍은 사람과 동화된다."

노부인은 순간 숨을 훅 들이마신 것처럼 보였다.

"그럼 아버지와……."

"아버님이 찍으신 사진입니까?"

"네. 어머니와 같이 왔다고 해요."

'왔다고 해요'라는 전언 표현이 마음에 걸렸다. 즉, 그녀의 아버지는…….

그 순간, 파도 소리 비슷한 술렁거림이 나를 훅 에워쌌다.

왔다. 올해도 성스러운 방문자가. 성스러운 검은 범람이.

오가는 쪽배들. 마대를 쌓고 아이들을 태운 쪽배들이 운하가 된 거리를, 뜻밖의 밀도로 교차해 미끄러지듯 사라진다. 수면은 흡사 검은 거울 같다. 성스러운 방문자는 어디까지나 고요히, 풍요를 약속하며 대지를 뒤덮어간다. 사람들은 안도한 눈빛이다. 올해도 와주었다. 이로써 또 결실의 계절을 맞을 수 있다.

그리고 정면에는 피라미드가 있다. 나는 배 안에서 카메라를 들고 있었다. 정말이지 불가사의한 광경이다.

문득 무심코 시선을 내렸다가 앗, 하고 소리쳤다.

검은 수면에 위아래가 뒤집힌 피라미드가 비쳤다. 반전된 검은 피라미드가.

그러고 보니 피라미드 안에 위아래가 거꾸로 된 배가 묻혀 있다는 이야기를 들은 적이 있다. 신기루가 많은 사막이기에 그런 것으로 즉, 거꾸로 뒤집힌 신기루 피라미드에서 하늘을 향해 배를 저어 나갈 수 있도록 한 게 아니겠느냐는 설이었던 것 같다.

하지만 그 반대일 수도 있지 않을까.

범람한 대지를 뒤덮은 나일강에 비친 반전된 피라미드 속, 거꾸로 뒤집힌 배는 지하의 저승 세계로 가기 위한 게 아니었을까. 황천의 검은 배는 피라미드에서 나와 머나먼 죽은 자의 나라로 노를 저어간다…….

나는 카메라 파인더로 거꾸로 뒤집힌 피라미드를 보면서도 가슴에 번져가는 절망을 억누를 수 없었다.

조금 전 아내와 격한 말다툼을 벌이고 호텔에서 뛰쳐나온 응어리가 아직 맺혀 있는 것이다. 가정을 돌보지 않았던 것을 비난하며 아내는 해서는 안 될 말을 했다. 어렴풋이 느끼고 있었던, 하지만 너무나도 무서운 일이라 말할 수 없었던 의혹. 그 애 아버지는 당신이 아니야.

그 말을 하게 만든 사람은 나였다. 그래도 아내는 그 말을 하지 말았어야 했다.

셔터를 누른 순간, 가슴에 불길한 통증을 느꼈다.

정신적인 아픔과 물리적인 아픔.

그 순간 예감했다. 나는 이 여행에서 집으로 돌아가지 못하리라. 여객선에서 밤바람을 쐬다가 가슴에 통증이 닥쳐 배 밖으로 떨어질지도 모른다. 아니면 무시무시한 진실을 말하게 만든 나를 미워하는 아내가 밤바람을 쐬자고 제안할지도 모른다.

그 광경이 눈에 선했다.

나일강 수면 아래, 반전된 배에 누워 머나먼 황천으로 흔들흔들 나아가는 나 자신의 모습이.

강변 테이블로 돌아와 있었다.

나는 소리 없이 한숨을 쉬었다.

늘 그렇듯 아주 잠깐이었다. 노부인은 여태 귀걸이를 만지작거리고 있었다. 불안을 감추려 애쓰며 앉아 있다.

"……아버님이 돌아가신 건 사고입니다."

무의식중에 그런 말이 나왔다.

노부인은 움찔해서 나를 보았다. 눈에 당황한 빛이 스친다.

"아니, 저, 어째서 아버지가……."

"아버님은 여행을 마치고 돌아오지 못하셨습니다. 맞죠?"

침묵이 곧 대답이었다.

"아버님은 가슴에 지병이 있으셨던 것 같습니다. 사진을 찍었을 때도 통증이 있었군요. 머지않아 심한 발작을 일으키지 않을까 예감하고 계셨습니다."

"정말인가요?"

노부인은 나지막이 중얼거렸다.

"부인은 오랫동안 어머님을 의심하셨죠. 괴로우셨겠습니다."

그녀는 두 손으로 얼굴을 가렸다.

"얼마 전 어머니가 돌아가셨어요. 어머니도 제가 의심하는 걸 알고 계셨어요. 하지만 끝내 직접 여쭐 수 없었어요. 아아, 어떻게 그런 잔인한 짓을. 딸한테 의심을 받으며 돌아가시게 하다니. 좀 더 일찍 부탁을 드렸다면."

눈물이 주르르 흘렀다. 그녀는 또 귀걸이를 건드렸다.

비취 귀걸이.

내 시선을 알아차리자 그녀는 여린 웃음을 지었다.

"이거 어머니 유품이랍니다. 이집트에 왔을 때 아버지가 사주셨대요."

"괜찮습니다."

나는 강물로 시선을 돌렸다.

강바람이 서서히 잠잠해졌다.

"아버님도, 어머님도 배를 타고 잘 돌아가셨습니다. 누구나 돌아가는 곳으로. 나일강에는 누구에게나 탈 배가 준비되어 있답니다."

"정말인가요?"

"네, 정말입니다."

강물이 조금씩 주황빛이 감도는 회색으로 바뀌어간다.

우리는 바람을 맞으며 우리 모습이 그 그러데이션 속으로 천천히 가라앉는 데 몸을 맡기고 있었다.

바다의 거품에서 태어나

私 と 踊 っ て

오늘도 에게해 상공은 끝없이 높다랗고, 우주로 추락할 듯한, 두렵기까지 한 파란색으로 활짝 개었다.

큼직한 밀짚모자를 쓴 여자는 도기 파편에서 흙을 털어내는 작업을 중단하고 한숨 돌리며 목에 두른 타월로 얼굴을 닦았다. 이제 곧 차 마실 시간이다.

에페소스 유적 군#에서는 오늘도 느릿느릿 발굴이 진행되고 있다. 일 년 내내 날씨가 나쁜 모국에서 이 나라로 온 지 칠 년 가까이 됐는데도 아침에 깰 때마다 바다와 하늘의 환한 색에 놀라게 된다.

여자는 일어서서 가건물에 마련해놓은 휴게소로 향했다. 여름철 염천 더위에 작업은 쉬엄쉬엄해야 한다. 말 나온 김에 덧붙이자면, 낮에는 뜨겁고 달콤한 홍차를 마신다고 정해놓았다. 영국인이라서가 아니라 찬 것을 마시면 금세 더위를 먹기 때문이다.

"오, 앨리스, 잘 있었나?"

"선생님 오셨어요?"

휴게소로 들어가자 친분이 있는 런던 대학교 교수가 인사했다. 테디베어와 똑같이 생긴 교수는 학회 참가차 왔다가 들렀다고 했다. 여자는 교수 뒤에 그림자처럼 서 있는 청년이 마음에 걸렸다. 아니, 청년처럼 보이지만 어쩌면 보기보다 나이를 더 먹었을지도 모르겠다. 아시아계? 아니, 중동계일까. 국적 불명 같은 묘한 외모다.

여자의 시선을 알아차렸는지, 교수는 "아아" 하고 중얼거리더니 소곤거렸다.

"저 친구는 나하고 아는 사이네만 특수한 재능이 있거든. 잠깐 보여주고 싶은 사진이 있어서 말이지."

여자는 청년의 표정에 매료되어 차 마시는 것도 잊었다. 문득 보니 청년의 좌우 눈 색깔이 조금 달랐다. 그런 사람이 더러 있다는 이야기는 들었지만, 실제로 본 것은 처음이었다.

청년은 손에 든 사진을 꼼짝 않고 바라보고 있었다. 여자는 호기심을 억누르지 못하고 살며시 다가가 사진을 들여다보았다.

낡은 사진. 꽤 옛날 것 같다.

정면에 거대한 흰 벽과 기둥이 보인다. 앞쪽에는 점점이 핀 붉은 꽃.

켈수스 도서관의 정문이다. 이 사진이 뭐가 어쨌다는 걸까.

여자가 설명을 원하는 걸 아는지 모르는지, 청년은 사진을 든 채

밖으로 슥 나갔다. 교수와 여자도 황급히 뒤를 따랐다.

바람이 없는 오후다.

눈이 따가우리만큼 쨍쨍한 햇살 아래 청년은 언덕으로 향했다. 관광객 틈에 섞여 켈수스 도서관의 실물을 올려다본다.

원형의 일부만 남았지만 웅장하고 위엄 넘치는 정문이다.

관광객의 환호성이 벽에 반사되어 주위에 메아리친다.

그런데 청년은 고개를 갸웃하더니 정문에 등을 돌리고 성큼성큼 걷기 시작했다. 두 사람도 서둘러 따라간다. 서슴없는 발걸음이다.

정문을 뒤로하고 언덕을 올라가는 청년을 테디베어와 큼직한 밀 짚모자가 의아한 표정으로 따라간다.

언덕 중턱에 이르렀다.

청년은 어느 지점에서 멈춰 서더니 언덕 기슭의 정문을 돌아보고는 사진을 유심히 살펴보았다.

"여기군."

"뭐?"

교수가 귀를 갖다 댔다.

"여기서 찍은 거야. 찍고 싶었던 건 정문이 아니라 꽃이었어."

교수와 여자는 발치에 군생한 빨간 양귀비를 보았다.

"꽃? 꽃이라고?"

"그래. 그 사람은 여기서 깨달음을 얻은 거야. 주역은 신전이나 도서관이 아니라 주변에 펼쳐진 은혜로운 대지 그 자체라는 걸. 오히려 이쪽이 주역이고, 이쪽을 모방해 건물을 지었다는 걸."

청년의 목소리는 낮고 매끄러워 머릿속에서 직접 들리는 듯했다.

불가사의한 색을 띤 청년의 좌우 눈을 바라보던 여자는 별안간 몸속에 잔물결이 밀려드는 듯한 기묘한 감각을 맛보았다.

흡사 누가 생각했던 바를 누군가의 몸속에 들어가 함께 추체험하는 듯한. 그 누군가 안에서 여자는 흥분해서 부르짖는 목소리를 들었다.

그래, 색채가 곧 생명인 것이다.

생물의 몸속에 흐르는 피, 그 선명한 붉은색.

아나톨리아의 대지에 피어난 산뜻한 색깔의 꽃들. 꽃이 핀다는 것은 곧 풍요로운 결실이 약속됨을 의미한다.

신들은 이 한없이 환하고 반짝이는 바다의 침상에서 탄생했다. 힘차게 거품이 이는, 늘 끊임없이 움직이는 무한한 에너지 속에서 아름다운 신들이 태어났다.

그 강하고 아름다운 푸른빛.

색채다. 자연계의 색채를 모방하는 것에서 문명이, 문화가 시작된 것이다.

건물은 붉은색으로, 푸른색으로 물들어 있었다. 다양한 색채를 몸에 둘러 풍요를 기원하고 위협으로부터 보호를 받았던 것이다.

색채는 늘 선명함을 유지하도록 덧칠해 새로이 해야 한다. 색채를 잃는 것은 곧 생명을 잃는 것이요, 쇠퇴를, 멸망을 의미하는 것이었으니까.

언덕 기슭에 극채색으로 칠한 천박하리만큼 거대한 신전이 보인 듯했다.

화창한 하늘 아래 빨간색으로, 파란색으로, 금색으로 화려하게 칠한 조각상들.

반짝이는 태양 광선 아래 윤곽이 뚜렷하게 드러난다.

보다 보면 두려워질 만큼 압도적인 색채의 향연이다.

이윽고 눈앞에 거대한 여신상이 나타났다.

아르테미스.

여자는 속으로 중얼거렸다.

소의 고환이라고도, 꿀벌의 알이라고도 이야기되는 구체가 몸에 다닥다닥 붙어 있는 조각상은, 그로테스크한 아름다움도 한몫 거들어 한 번 보면 잊을 수 없다.

아르테미스.

그런 아르테미스의 과거 모습이 눈부신 빛에 싸여 눈앞에 우뚝 서 있었다.

역시 꿀벌이었구나.

아르테미스는 금빛으로 칠해져 있다. 그래, 태고로부터 사람들은 저 아름다운 황금색 벌꿀, 달콤하고 영양이 풍부한 금빛 액체를 더없이 사랑하며 그에 매료되지 않았던가.

황금색이라는 것도 큰 이유였을 게 틀림없다.

다른 색이어도 벌꿀은 중요시되었겠지만, 그래도 저 걸쭉한 호박색만 한 색깔이 또 있었을까.

문득 뺨에 바람이 느껴졌다.

정신을 차려보니 교수와 여자는 손을 맞잡고 멍하니 언덕에 서 있었다.

청년이 온화한 표정으로 그들을 돌아보았다.

"여기 사진 돌려드리겠습니다. 가까운 분이었군요."

교수는 느릿느릿 사진을 받았다.

"이십 년도 더 됐다네."

살며시 사진을 어루만진다.

"막역한 사이였어. 피온 언덕에서 영감을 얻었다며 기뻐했지. 이 사진을 내게 보냈는데 돌아오다가 그만 열차 사고로……."

셋이 사진을 물끄러미 바라본다.

"그래, 꽃 쪽이었나."

앞쪽에 흐릿하게 찍힌 붉은 양귀비.

"그만 갈까요, 선생님. 차 마실 시간이에요."

여자는 큼직한 밀짚모자를 가볍게 들어올리고 탁 트인 언덕을 빙 둘러보았다.

붉은색.

언덕 비탈 전체가 붉은 별을 뿌려놓은 듯 양귀비로 뒤덮여 있었다.

꼭두서니 빛 비치는

私 と 踊 っ て

신칸센에서 내려 초가을 교토 역에 섰다.

고도古都라고 들었건만, 역을 보니 그런 분위기는 눈곱만큼도 찾아볼 수 없다. 번쩍번쩍 광나는 것이 흡사 SF영화 속에 들어온 기분이다.

어리둥절해서 얼마 동안 주위 광경을 멍하니 둘러보고 있었다.

그는 태어나서 처음으로 'SATOGAERI귀성'를 체험하는 중이었다.

사실 이 나라 땅을 밟는 것 자체가 처음인지라 그게 이 말의 정확한 용법인지 아닌지는 모른다. 증조할아버지, 즉, 몸속에 흐르는 피의 팔분의 일이 나라奈良라는 곳에 뿌리를 둔다는 이야기를 오래 전에 할머니에게 들었다.

마주치는 사람마다 한 박자 늦게 그를 돌아본다.

도시락과 차를 구입한 매점 아가씨도 거스름돈을 주더니 '어라?' 하고 의아한 표정으로 쳐다보았다. 그의 좌우 눈 색깔이 다르다는 것을 다들 바로 깨닫지 못하는 것 같다.

나라행 열차에 올라탄 그는 자리에 앉아 재킷 주머니에서 살며시 사진 한 장을 꺼냈다.

꽤나 낡은 사진이다. 색이 바래 유심히 보지 않으면 무슨 사진인지도 알 수 없을 정도다. 뒤에도 아무것도 쓰여 있지 않으니 모르는 사람이 보면 휴지통에 버릴 것이다.

나무가 무성한 봉긋한 언덕이 찍혀 있다. 인공적인 것인 듯 주위가 못으로 둘러싸여 있다. 그 너머로 경작된 땅이 어렴풋이 보인다.

집안에 전해 내려오는 사진이라는 말밖에 듣지 못했다. 일본에서 가장 오래된 길에서 찍었다고 했다.

그는 조사해보았다. 그가 가진 특수한 능력 때문인지 그는 역사학자와 고고학자를 많이 알았다. 그중에 일본 등 동아시아를 연구하는 학자도 있었다.

그 결과, 일본에서 가장 오래된 것으로 여겨지는 길은 'YAMANO BENOMICH'라는 곳임을 알았다. 학자는 그 길 도중에 있는 고분들 중 하나일 것이라고 말했다.

여러 나라를 다녀봤지만 일본에 가는 것은 처음이었다. 생업에 활용하는 특수한 능력을 그에게 준 나라이건만.

지금 생각하면 어쩐지 무의식중에 피했던 것도 같다. 선조들의 땅에서 자신의 뿌리와 대면하는 게 두려웠을지도 모른다.

갈아타는 데 애먹기는 했지만 이럭저럭 덴리 역까지 왔다.

독특한 거대 건축물이 늘어선 종교 도시 덴리는 마치 판타지영화를 보는 것처럼 신기했다. 주위를 두리번거리며 핫피를 입은 신자들 사이를 지나간다.

지도를 보건대, 포장된 너른 길을 끝까지 가면 이소노카미 신궁이 있고 그곳에서 일본 최고最古의 길이 시작되는 모양이다.

개발된 시가지를 지나왔건만, 삼나무 숲으로 들어선 순간 시간이 되감긴 것처럼 가벼운 현기증이 덮쳤다.

그 자체는 그에게 친숙한 감각이다. 지금까지 여기저기 유적에 가봤는데, 옛 시간이 되살아나는 듯 느껴지는 것은 능력을 가진 그에게 늘 있는 일이다.

그렇지만 이곳은.

그는 이소노카미 신궁의 본당을 올려다보고, 경내를 오가는 신관과 볏을 흔들며 돌아다니는 닭들을 믿기지 않는 심정으로 바라보았다.

이럴 수가. 이곳은 현대와 이어져 있다. 고대가 당연하게 현대로 연속되며 지금도 살아 있다.

길을 나아갈수록 그런 느낌이 점점 강해졌다.

이곳은 유적이 아니다. 지금도 계속되고 있고, 지금도 살아 있다.

길가의 소박한 지장보살들. 호젓하게 선 도리이 공물로 바친 야
채와 과일.

그는 속에서 치밀어 오르는 기묘한 친숙함에 당혹했다.

이 풍경. 몸속 어딘가에서 알고 있다. 온몸에 흐르는 피의 기억
속에 잠들어 있던 어떤 것이 깨어나려 한다.

눈에 보이는 전부가 신기하고 동시에 친숙하게 느껴진다. 그는
주위 풍경과 공기를 온몸으로 빨아들이려고 논밭 사이로 난 길을
계속해서 나아갔다.

앞쪽으로 보이는 트인 곳에 사발을 엎어놓은 양 봉긋한 언덕 몇
개가 나타났다.

나라에서는 나무로 뒤덮인 사발 모양 언덕을 보면 죄 고분으로
생각하라고 학자가 말했다.

아닌 게 아니라 하나같이 인공적으로 보인다.

부드러운 오후 햇살 아래 멀리 보이는 완만한 산들과 평지에 늘
어선 언덕들이 하나로 녹아든 듯 보인다.

단단히 다져진 구불구불한 길을 걷다 보니 어린애로 돌아간 기
분이 들었다. 이따금 경트럭이며 자가용이 지나가는 것을 제외하
면 사람도, 차도 거의 마주치지 않는다.

작은 촌락을 빠져나오자 별안간 눈앞에 봉긋한 검은 언덕이 나
타났다.

언덕을 보자마자 그는 우뚝 섰다.

이거다. 여기가 틀림없다.

그는 주머니에 든 사진을 꺼내려 하지도 않았다.

지금까지 수도 없이 본 터라 뇌리에 뚜렷이 새겨져 있다. 눈앞에 솟은 언덕은 그것과 거의 똑같았다.

밀물이 차오르듯 몸 안의 피가 술렁술렁 끓어오르는 기분이었다.

여느 때 같은 감각이 한층 강하게 몸속으로 밀려든다.

목소리가, 무수한 목소리가, 피 속의 기억이 외친다.

대륙은 땅도 광대하고 병사도 그 수가 많다는데…….

그에 비해 우리나라는 산만 많지, 농사를 지을 땅도 그렇게 많지 않습니다…….

그렇게 큰 무덤을 만드는 게 옳을까요. 죽고 나서 몇 년씩 시간을 들여, 백성에게서 쥐어짜낸 세와 논밭을 일구어야 할 백성의 노동을 사용해서?

그런 것은 필요 없을 테지. 선인先人을 공경하는 것은 중요하나 그 때문에 산 자를 고통스럽게 한다면 당치 않은 일. 큰 토지가 있다면 전답으로 활용할 일이고…….

흙으로 돌아갈 수 있다면 충분하겠지요. 표시가 되도록 돌로 뒤덮어서. 높직이 쌓아 나무라도 심으라고 할까요. 비탈은 볕이 더 잘 드니 향기 좋은 열매가 열리는 나무를 심으면 백성들 생계에도 도움이 될 터. 참, 주위에 해자를 파면 어떻겠습니까? 저수지로 쓰면 이 또한 도움이 될 것입니다…….

그래. 우리는 우리 나라의 흙이 되어 우리 나라를 지켜보자. 나무 뿌리가 되고, 열매가 되고, 백성의 피가 되어, 영원히 살자…….

누구 목소리일까?

내 목소리? 아니면 우리 조상? 아니, 이 땅에 잠든 모든 이들의…….

그는 꽤 오래 그 자리에 우두커니 서 있었다. 태양이 지고 공기가 조금씩 투명해져, 부드러운 꼭두서니 빛 노을이 정적에 싸인 봉긋한 언덕을 부유스름하게 칠해가는 가을 하루가 저물도록.

나와 춤을

私 と 踊 っ て

'벽의 꽃 장식'이라는 말이 있다.

그런 말이 있다는 것은 그 뒤 한참 지나고 나서야 알았지만, 그때 내가 딱 그것이었다. 아니, 나는 심지어 '꽃'도 아니었다. 벽에 붙은 채 존재조차 잊힌 복제화나 장식품 같았다. 멀거니 서서 좋은 옷을 차려입은 소년소녀가 춤추는 것을 구경하고 있었다.

파티가 열린 곳은 교회도 학교도 아닌, 오래된 홀인지 공회당인지, 묘하게 어중간한 인상을 주는 장소였다. 아버지 사업이 실패하면서 가족과 함께 도망치듯 북쪽으로 이사 온 직후였던 나는 아직 친구가 없었거니와, 내 이름과 존재를 아는 사람도 아마 거의 없었을 것이다. 낯선 상대방에게 춤을 신청하려는 별난 사람이 없다는 것은 분명했다.

애초에 예쁜 드레스 같은 게 있지도 않았다. 그때 내가 입고 있던 것은 유일한 외출복인 할아버지 장례식 때 맞춘 칙칙한 검은 원피스였다. 옷깃에 코르사주나 브로치를 단다든지 리본이나 꽃으로 머리를 장식한다는 소녀다운 발상도 없었다. 어머니도 아버지와 함께 생활 기반을 바로 세우기 위해 정신없이 뛰어다니던 터라 내게 신경 써줄 여유가 없었다. 당시 걸핏하면 감기에 걸리고 열이 났던 나는, 원피스를 맞추었을 때보다 살이 빠져 원피스 어깨가 축 늘어진 게 꼭 남의 옷을 빌려 입은 것처럼 어색해 보였다.

어쨌거나 진짜 악단이 와서 따분한 왈츠를 연주하고 있었다. 아마추어 악단인지 음정이 별로 맞지 않는 연주가 끝도 없이 이어졌다.

눈앞에서 춤추는 아이들은 마치 유리 너머로 보이는 풍경처럼 현실감이 없었다. 나와 다른 아이들 사이를 투명한 벽이 가로막아 완전히 다른 세계라는 느낌이었다.

당시 책을 제외한 내 보물로 하얀 오르골이 있었다. 뚜껑을 열면 새된 〈소녀의 기도〉가 흘러나오면서 헝겊으로 만든 남녀 인형이 빙글빙글 돌며 춤추었다. 눈앞에서 빙글빙글 도는 소년소녀도 그 인형과 마찬가지로 얼굴이 없었다.

갑자기 시야 끄트머리로 한 소녀가 들어오는 게 보였다.

추운 시기였다고 기억하는데 이상하게도 내 기억에 남아 있는 그녀는 무척 가벼운 차림새로, 여름옷 같은 얇은 소재의 흙색 옷을 입고 있었다. 그녀만 주위 풍경과 동떨어져 말 그대로 공중에 떠 있는 것처럼 보였다. 신발을 신고 있었다는 기억조차 없다.

그녀를 처음 본 인상을 잘 표현 못 하겠다.

뭐라고 하면 좋을까. 야성이 들어왔다고 할지, '바깥' '외측'이 왔다는 느낌이었다. 그녀는 빙글빙글 도는 헝겊 인형 같은 '그 밖의 다른 사람들'과 너무나도 달랐다.

연보에 따르면 당시 그녀는 이미 본격적인 춤 지도를 받고 있었다. 그런 그녀가 어째서 그런 모임에 얼굴을 내밀었는지 지금에 와서는 알 수 없다.

하지만 그녀를 봤을 때 받은 그 강렬한 느낌, 뭔가 '옳은 것'이 들어왔다는 느낌은 지금도 내 안 어딘가에 선명하게 남아 있다.

홀린 듯 그녀를 쳐다보는데 그녀 쪽도 방 안을 둘러보고 있었다. 뭔가를 찾듯 방 안 사람들을 찬찬히 바라보던 시선이 내게 멎었다.

눈이 마주쳤을 때 딱 소리가 난 듯했다. 사람의 시선이 맞부딪치면 정말 이런 소리가 난다.

그녀는 조그맣게 고개를 끄덕였다. 뭔가를 납득한 표정이었다.

그녀는 스르르 내 앞으로 왔다. 정말로 공중에 약간 뜬 것처럼 소리도 없이 일직선으로 다가왔다.

나는 놀랐다. 누가 그런 식으로 움직이는 것을 처음 보았다. '날아왔다'는 말이 떠올랐다. 혹시 내 눈에만 보이는 유령이 아닌가 싶었을 정도다.

바로 앞에 그녀의 얼굴이 있다. 그녀의 눈은 이상야릇한 색을 띠고 있었다. 그 눈으로 쳐다보니 어째선지 부끄러웠다.

그녀는 내게 딱 한마디 했다.

나랑 춤추자.

나는 어안이 벙벙했다. 순간 무슨 말을 들었는지 이해되지 않았다.

그런 식으로 누가 딱 부러지게 춤을 청한 것은 그때가 처음이자 마지막이었다. 내가 춤을 출 수 있다고 생각한 적도 없었다.

그녀의 얼굴을 멍청하게 응시하고 있으려니 그녀는 "얼른얼른" 하며 내 손을 잡고 달려갔다. 내 손을 잡은 그녀의 손은 의외로 셌다. 굳건한 신념 같은 게 그녀의 손을 통해 내 안으로 흘러들었다.

우리는 훈김으로 가득한 방에서 텅 빈 복도로 나왔다.

그녀는 내 손을 끌고 아무도 없는 어둑어둑한 복도를 거침없이 나아갔다.

여기가 좋아. 비쳐드는 빛이 좋거든. 자, 춤추자.

뒷문에 가까운 선득한 복도였다. 벽 아랫부분이 유리창이라 그곳으로 힘없는 햇살이 비쳐든다.

지금은 그녀가 그곳에서 춤추고 싶어했던 이유를 알 것도 같다. 벽 아랫부분으로 비쳐드는 빛은 복도에 기다란 직사각형으로 빛의 스테이지를 만들어냈다. 후년 그녀의 무대 중에 바닥에서 희미한 빛을 발하는 게 있었는데, 그것을 보니 그때 생각이 났다.

그 빛에 잠시 넋이 팔려 있었지만 나는 이내 조심스레, 머뭇머뭇 말했다.

이런 거 이상해.

뭐가?

그녀가 의아한 표정으로 나를 보았다. 나는 우물쭈물했다.

춤은 남자랑 여자가 추는 거잖아. 우리 둘이 추다니 이상해.

어머, 진짜 그럴까? 여자애들끼리 추면 안 돼? 혼자 춰도 안 되는 거야?

그녀는 노래하듯 중얼거리더니 갑자기 춤추기 시작했다.

처음에는 춤춘다는 것도 모를 만큼 자연스러운 움직임으로 시작했다. 어린애가 천진난만하게 폴짝폴짝 뛰는 듯한 점프, 점프, 점프.

회전하고 멈추고, 다리를 들고 또 멈춘다. 다양한 포즈가 연속 사진처럼 허공에 새겨져간다.

힘을 빼고 고개를 숙인 채 축 늘어져 있다가 또 몸을 쭉 뻗어 점프.

마치 음악을 보는 것 같았다. 그녀의 어깨에서, 종아리 라인에서, 한껏 뻗은 손가락에서 멜로디가 들려와 겨울철 복도를 가득 메웠다.

육체의 스피드가 이렇게 엄청난 사람이 세상에 있구나. 그런 생각을 했던 게 지금도 잊히지 않는다.

그녀의 영향도 있어서 성장한 뒤 다양한 춤을 보았다. 몇 십 년에 한 번 나올까 말까 하는 인재라는 발레 댄서에, 이미 전설이 된 댄서, 각 발레단의 주역 무용수.

인재라 불리는 댄서들은 예외 없이 타고난 육체의 속도가 탁월했다. 그들은 그저 서 있기만 할 때도, 몇 발짝 걸을 때도 '빨랐다'. 그들의 스피드를 보다 보면 다른 댄서의 움직임이 터무니없이 느려 보인다. 그러면서 포즈 하나하나가 스톱모션처럼 눈에 뚜렷이 새겨진다. 더없이 빠른 속도로 춤을 출 때도 표정이며 포즈가 안정적이다. 십중팔구 빠르게 춤추고 있다는 의식조차 없을 것이다. 어디까지나 그 춤이 필요로 하는 바를 표현하고 있을 뿐이다.

평소에도, 가령 가만히 앉아 차를 마실 때도 몸속에서 들리는 음악에 맞춰 움직이는 것을 알 수 있다. 그들은 언제나, 정지하고 있을 때조차 영혼이 춤추고 있다.

나랑 춤추자.

어느새 나는 그녀와 손을 잡고 복도를 뛰어다니고 있었다. 환호성을 지르며 함께 빛 속에서 깡충깡충 뛴다.

두 소녀의 점프, 점프, 점프.

팔을 축 늘어뜨리고, 엉덩이를 낮추고, 오랑우탄처럼 걷는다.

'나 없다 나 없다 메롱' 하며 혀를 쏙 내민다.

몸이 그렇게 가볍게 느껴진 것은 처음이었다. 나는 더없이 해방되었다. 기쁨이 느껴지고, 음악이 들렸다. 내가 그런 식으로 춤출 수 있었던 것은 물론 그때뿐이다.

왜 그때 나한테 춤추자고 했어?

학창 시절, 그녀에게 그렇게 물어본 적이 있다.

당시 그녀는 이미 신예 댄서이자 안무가였다. 유럽과 미국에서 화제를 모아 객연 의뢰가 끊이지 않았고 영화에 카메오 출연도 정해져 있었다.

그때?

그녀는 화장기 없는 얼굴에 의아한 표정을 띤 채 돌아보았다.

그때 왜, 딱 한 번 같이 춤춘 적이 있었잖아? 겨울이었어. 텅 빈 복도에서. 그 건물, 뭐였을까? 네가 '벽의 꽃 장식'이었던 나를 데리고 나왔어. 초면인 나한테 곧장 다가왔잖아.

아, 응. 그녀는 담배를 비벼 끄며 말했다. 그녀는 평생 담배를 피웠다.

그거 꿈 아니었구나.

뭐? 나도 모르게 되물었다.

어렸을 때부터 여러 번 꿈을 꿨어. 같이 춤출 파트너를 찾는 꿈. 긴 복도를 걸으며 차례차례 문을 열어. 안에서는 파티를 하고 있고, 파리가 앉을 것처럼 느릿한 왈츠가 흐르고 있고, 다들 자기 파트너랑 춤추고 있어. 하지만 내 상대는 못 찾겠는 그런 꿈.

그녀는 잠자코 허공을 보고 있었다.

겨울날 카페였다. 어째선지 그녀와의 추억은 죄 겨울철이 배경이다.

그런데 꿈속에서 딱 한 번 같이 춤춰준 여자애가 있었어. 검은 옷을 입고 벽 근처에 서 있었어. 아아, 저 애라면 나랑 춤춰줄 거야. 그런 확신이 들어서 같이 춤췄어. 꿈이 아니었구나.

그녀가 또다시 그렇게 말하는 것을 들으니 어쩐지 나까지 그게 꿈이었다는 생각이 들었다. 어쩌면 그녀의 꿈 이야기를 여러 차례 들으면서 내 머릿속에 기억으로 새겨진 것은 아닐까?

하지만 친구로 지낸 지 오래되기는 했어도 그녀와 만난 횟수는 손가락으로 꼽을 정도다. 처음 만났을 당시의 이야기를 한 것은 그때뿐이었다.

말 그대로 세계를 누비고 다니는 그녀와는 비교도 되지 않았지만, 당시 나도 학생 신문기자로 활동하던 중이었다. 그 뒤 선배 소개로 전국지에서 아르바이트하게 되어 몇 년 일하다가 얼렁뚱땅 취직하게 된 터라 그녀와 스케줄을 맞추기가 쉽지 않았다.

그때 너, 이런 거 이상하다고 했지.

그녀가 생각났다는 듯 말했다.

춤은 남자랑 여자가 추는 거라고 말했어. 난 진짜 그럴까, 하고 대답했고. 여자애들끼리 춤추면 안 되느냐고.

새 담배에 불을 붙인다.

그 뒤 생각해봤거든. 아닌 게 아니라 춤을 청한다는 건 옛날부터 구애를 의미했고, 같이 춤춘다는 건 한 쌍이 됐다는 증거지. 동물도, 새도, 화려한 외모로 구애의 춤을 추는 건 수컷 쪽이야. 하지만 난 남이 추는 춤을 보고만 있는 건 싫어. 누가 춤을 청해주길 얌전히 기다리고 있는 건 싫어. 내가 추고 싶을 때 언제든 춤추고 싶어.

너 같으면 이 세상에 너 혼자만 남아도 춤출 것 같아.

무심코 그런 말을 한 나를 그녀가 평소답지 않게 매서운 눈초리로 돌아보았다.

글쎄, 그럴까.

아니야?

글쎄, 역시 누군가 봐주는 사람이 있으면 좋겠는걸.

너라면 얼마든지 있잖아.

거물 영화감독이 그녀의 다큐멘터리를 찍는다는 소문도 들려왔다.

그럴까. 글쎄, 모르겠네.

그녀는 고개를 갸웃하며 살짝 웃었다.

몇 년 뒤 그녀는 고전적인 발레 음악을 테마로 한 충격적인 문제작을 선보이며 무용계에 센세이션을 일으켜 안무가로서 명성을 확립했다. 초대받아 공연을 보러 간 나는 이때 그녀가 한 말을 떠올리고 있었다.

남이 추는 춤을 보고만 있는 건 싫어. 누가 춤을 청해주길 얌전히 기다리고 있는 건 싫어. 무대 위 모든 동작에서 그녀가 부르짖는 목소리가 들려왔다. 숨 막히리만큼.

거부 반응도, 비판도 어마어마했지만, 열광적으로 지지하는 이들도 많았다. 저명한 비평가가 그녀를 옹호하고 높이 평가했다.

나도 어쨌거나 기자로서 무대 비평 코너를 담당하고 있었다. 내 입으로 말하기는 뭐하지만 서서히 인정받는 중이었고, 다른 잡지에서 칼럼을 써보지 않겠느냐고 제안이 들어오기도 했다. 하지만 그녀의 무대에 관해서는 어쩐지 쓸 수 없었다.

나랑 춤추자.

내 무대 리뷰는 써주지 않는구나, 하고 그녀가 농담처럼 말한 적도 있었다. 쌀쌀한 늦가을 밤, 그녀가 파리에서 공중전화로 연락을 해왔다. 거리의 소음과 빗소리가 배경음악처럼 들려오고 있었다.

쓰기 쉽지 않단 말이야. 나는 대답했다.

너무 온갖 게 머리에 떠올라서 글이 안 써져. 다 표현을 못 하겠어. 지면에 전부 담을 수 없을 것 같아. 왜 그런지 객관적으로 못 보겠지 뭐야. 그 이전에 냉정하게 무대를 볼 수 없는걸.

나는 솔직하게 털어놓았다.

하긴 그럴지도 모르겠네.

어쩐지 기뻐하는 목소리였다.

그래, 나는 끝내 그녀의 무대에 관해 한 번도 쓰지 않았다. 몇 번 쓰려고 해봤지만 그때마다 실패했다. 이후 발표된 그녀의 어떤 작품도 나는 냉정하게 볼 수 없었다.

여자로 사는 슬픔. 여자로 사는 노여움. 인간이란 동물의 슬픔, 교활함, 착잡함. 때로는 폭력적이고 잔혹한, 때로는 낭만적인 공범자, 때로는 오만하고 허영심 가득한, 그러나 벗어나려야 벗어날 수 없는 남녀라는 관계.

그런 말이 머릿속에 떠오르는데, 그것을 글로 표현하려 하면 더없이 진부하고 기만적으로 느껴져 나중에는 속이 메스꺼워질 지경이었다.

원색적이고 찰나적인 것이 느껴지는 한편으로, 그녀의 무대는 우화적이고 정밀靜謐함으로 가득 차 있었다.

그리고 무엇보다도 아름다웠다.

언뜻 보면 무질서해 보이는 군무, 고통스러워하는 듯 보이는 그로테스크한 움직임, 우아함과는 거리가 먼 동작 하나하나가 무대를 보는 관객의 몸속에 쌓여 이윽고 감정의 흘수선을 넘어 흘러넘친다.

아름다운 것은 추하다, 추한 것은 아름답다는 말을 체현하는 광경이 눈앞에 펼쳐진다. 댄서라는 직업의 행복과 불행, 환희와 절망이 반전되어 빛나는가 싶으면 어둠에 잠긴다.

그녀 자신이 무대에 등장하지 않아도 그녀의 존재가 늘 느껴졌다. 무대에서 춤추는 남녀의 그림자가 되고 분신이 되어 무수한 그녀가 무대 위에 있는 듯했다.

정신이 들어보면 나도 무대에 있었다. 어느새 무대 위에서, 과거 그녀를 만났던 소녀가 되어, 그녀와 대화를 나누고 있었다. 기묘하게도 그녀는 예전의 소녀 모습인데 나는 성장한 지금 모습이다.

어두운 무대 위에서 모두가 춤추고 있다. 흰 의상을 입은 남녀

십수 명이 한데 뒤섞여 춤추고 있다. 격한 동작이건만 소리가 전혀 나지 않는다. 무성영화처럼 움직임만 보인다. 축제처럼도, 폭동처럼도 보인다.

댄서의 행복은 춤출 수 있다는 거야.

그녀는 포즈를 취하며 말했다.

댄서의 불행은?

내가 묻는다. 바닥을 데굴데굴 구르는 남녀 사이를 애써 빠져나간다.

춤출 수 없다는 거.

그녀는 가볍게 점프했다.

난 처음부터 춤출 수 없는걸. 춤출 수 있었던 건 너랑 같이 추었던 그때뿐. 몸은 계속 무거워지기만 하고. 점프도 해본 지 오래됐어. 나한테 춤을 청한 사람은 너뿐이야.

어머, 그렇지만 넌 같이 춤출 상대를 찾았잖아.

그녀가 노려본다. 나는 어깨를 으쓱했다.

결혼은 했지만 그이랑 춤춘 적은 한 번도 없는걸.

나는 주위를 둘러보았다. 황홀경에 빠진 것도 같고, 허무하게 보이기도 하는 남녀의 표정이 눈에 들어온다.

댄서의 고독은?

나는 물었다.

무대는 이렇게나 넓고, 이렇게나 불안감이 들게 하는구나. 여기

서서 춤추다니 얼마나 고독할까.

나도 모르게 두 팔을 문지르고 있었다. 조명이 눈부시건만 선득함이 느껴졌다.

그녀는 잠깐 생각에 잠긴 듯 보였다.

그러게, 고독해. 그렇지만 외톨이는 아냐.

모순되지 않아?

내가 묻자 그녀는 그 자리에서 빙그르르 회전했다.

봐, 돌고 있는 건 나야. 하지만 돌리고 있는 건 내가 아니거든.

선문답이네.

내가 흥 콧바람을 불자 그녀는 웃었다.

그렇지만 사실인걸.

기본 동작인 아라베스크. 아름다운 댄서는 흔들림 없이 정지할 수 있다.

왜 그때 나한테 춤추자고 했어?

맨날 그것만 묻네.

그녀는 포즈를 풀지 않고 대답했다. 나는 어물거렸다.

기뻤거든…… 이상했거든.

나도 기뻤어. 이 애는 틀림없이 날 봐줄 거란 생각이 들었어.

난 아무것도 못 썼잖아. 아마 앞으로도 네 무대 리뷰는 못 쓸 것 같아.

괜찮아. 보고 있다는 걸 아니까.

어느새 나는 객석으로 돌아와 우레 같은 박수를 보내는 관객 틈에 있었다.

신문사를 그만둔 해, 첫 책을 출판하게 되어 작은 파티를 열었을 때도 그녀는 일본 공연 중이라 참석하지 못했다.

그렇지만 꽃다발을 보내주었다. 카드를 찾아보았다. 작은 은빛 카드.

'늘 보고 있을게. 늘 보고 있어줘.'

그녀가 고등학생에게 댄스를 가르치는 영상을 본 적이 있다. 그녀는 담배를 피우며 학생들이 활기차게 춤추는 모습을 온화한 웃음을 띠고 바라보고 있었다.

그녀는 워낙 바쁜 터라 직접 지도할 시간이 많지 않다. 그래도 그녀가 나타나면 현장 분위기가 확 바뀌고 아이들 눈이 반짝인다. 그곳에 그녀가 있는 것만으로 특별한 공기가 흐른다.

그녀는 결코 언성을 높이는 법이 없다. 늘 냉정하고, 명석하고, 아주 약간 허공에 떠 있다.

이상야릇한 색깔을 띤 그녀의 눈은 그저 한결같이 먼 곳을 바라보고 있다. 눈동자 속에서 그녀는 언제나 춤을 추고, 춤을 추고, 홀로 시대를 내달려 그 육체의 스피드와 함께 가버리고 말았다.

나랑 춤추자.

그래, 그녀에게서 마지막으로 전화를 받은 것은 겨우 일주일 전이었다. 검사 결과가 나온 날이었음을 나중에 알았다.

그렇지만 휴대전화에서 흘러나오는 그녀의 목소리는 밝았다.

"그쪽 날씨는 어때? 다음 주부터 또 투어를 떠나지 뭐야. 미국은 담배를 못 피우니 괴로워. 다음에 또 나랑……."

그녀는 음성 메시지를 단숨에 녹음했다. 이동 중이었던 듯 마지막 부분은 끊겨 무슨 말을 했는지 알 수 없었다.

나는 취재하러 오스트레일리아에 가 있던 터라 그녀의 음성 메시지뿐 아니라 부고도 뒤늦게야 받았다. 검사 결과를 듣고 일주일도 채 못 돼 죽었다는 말을 듣고 경악했다.

성대하게 거행된 영결식과 별도로 고향에서 따로 고별식을 한다는 말을 듣고 참석했다.

그날 역시 겨울이었다. 바람은 불지 않았지만 땅속에서 냉기가 스멀스멀 올라왔다. 햇살만은 맑게 갠 하늘에서 쏟아져 포근했다.

고별식에 참석하고 나와서도 어쩌 거짓말처럼 느껴졌다. 지금도 그녀는 투어 중이고 또 전화가 걸려올 것만 같았다.

그리운 북쪽 도시. 부모님은 내 대학 입학과 동시에 다시 이사해 지금은 이곳에 아무도 없다. 어린 시절 기억을 되살려 정처 없이 걷다가 문득 멈춰 섰다.

크고 고색창연한 콘크리트 건물. 본 기억이 있다.

건물 주위에 트럭 몇 대를 대놓고 안에서 낡은 기기를 내오는 중이었다.

파란 점퍼를 입은 남자가 작업원들에게 지시를 내리고 있다.

"저, 죄송합니다. 여기 뭐하시는 건가요?"

남자에게 묻자 "철거하는 겁니다, 재개발 계획 때문에요" 하고 서글서글하게 이야기해주었다.

"원래는 제사製絲 공장이었답니다. 한동안 공회당으로 사용했는데, 누전이 심각해서 얼마 전 작은 화재가 났거든요. 이대로 두면 위험하다고 말이죠."

제사 공장. 그랬나. 어중간한 인상이 옳았던 것이다.

머뭇머뭇 부탁했다.

"저, 실은 어린 시절 여기가 공회당이었을 당시 온 적이 있거든요. 오랜만에 왔는데 옛날 생각이 나서요. 잠깐 안에 들어가 봐도 괜찮을까요?"

인심 후한 남자는 선뜻 허락해주었다.

"그러시죠. 작업도 거의 끝났으니 정말 잠깐입니다."

"고맙습니다."

부지런히 일하는 남자들을 뒤로하고 나는 안으로 들어갔다.

서늘하고 어둑어둑하다. 높은 천장은 거무스름하게 찌들었다.

원래는 흰색이었을 벽이 회색이 다 됐고, 바닥도 때가 탔다.

가장 큰 홀을 들여다보았다. 아마 여기서 파티가 열렸을 것 같은데, 어렸을 때 인상과 비교해 어찌나 아담한지 놀랐다.

녹슨 창틀. 더러워질 대로 더러워진 창유리.

세월의 흔적이 곳곳에 새겨져 있었다.

나는 천천히 복도를 나아갔다. 발소리가 또각또각 유난스레 크게 울린다.

그곳은 지금도 있었다.

벽 아랫부분에 난 창으로 겨울 햇살이 안쪽까지 비쳐든다.

아주 긴 직사각형을 그리는 빛의 스테이지.

그 속에 살며시 발을 들여놓으니 발이 따뜻해졌다.

소녀들의 환호성이 들린다.

그쪽을 돌아보자, 두 소녀가 홀에서 뛰쳐나와 손을 잡고 달려왔다.

검은 원피스를 입은 소녀와 가벼운 흙색 옷차림의 소녀.

나도 모르게 그녀의 이름을 부르짖었다.

그래, 그녀는 줄곧 찾고 있었다. 시대를 달려 나갈 자신과 나란히 달려줄 파트너. 자기 존재를 인식해주는 누군가. 세계의 종말에서 춤출 때에도 자신을 보고 있을 누군가를.

소녀들이 빛의 스테이지로 뛰어든다.

손을 잡고 점프, 점프, 점프.

두 아이는 나를 물끄러미 응시하며 입을 모아 이렇게 말한다.

나랑 춤추자.

응, 좋아.

나는 두 아이를 향해 힘차게 고개를 끄덕인다.

도쿄의 일기

私 と 踊って

2월 모일某日 맑음

도쿄의 트램은 쿠키 깡통처럼 생겼다.

색깔도 그렇고, 질감도 그렇고, 가나코가 몇 번 사다준 적이 있는 아오야마 양과자점의 깡통과 똑같다.

창문 위로 금빛 줄이 그어져 있는 게 딱 뚜껑을 씌운 것처럼 보인다. 위에서 잡으면 빠각 하고 벗겨질 것 같고, 선 위에 비닐 테이프가 붙어 있지는 않나 무의식중에 찾게 된다. 그 때문인지 차내 노약자석의 흰 쿠션이 건조제로 보인다. 어렸을 때부터 예쁜 과자 상자며 깡통을 버리지 못했던 나는 이 트램도 벽장 안 컬렉션에 추가하고픈 욕망을 느끼곤 한다.

오늘 트램(아오토덴青都電이라고 한다)을 타고 가는데 히비야 교차로에서 멈춰 섰다. 내가 타면 교통 기관이 멈춰 선다는 징크스는 여기 도쿄에서도 건재한 모양이다. 하기야 옆자리 노부인은 이번 주 들어 벌써 세 번째라고 했으니 내 탓은 아닐 것이다.

'캐터필러'를 처음 보았다. 소문은 들었지만 정말 거대한 애벌레 같다. 느릿느릿 움직이는 데다 길기까지 하니, 통과하는 데 시간이 많이 걸려 차들이 교차로에서 오도 가도 못하고 있었다. 선두 차량은 운전석 유리에 짙게 색을 넣어 운전사가 보이지 않게 되어 있다. 뒤로 줄줄이 이어지는 흰 반달 어묵 모양 화물차는 뭐로 되어 있는지 몰라도, 안에서 주황색과 초록색 불빛이 흐릿하게 깜박이는 게 마치 캐터필러가 살아서 생명 활동 중인 것처럼 보였다.

도쿄의 운전사도, 승객도 캐터필러가 통과하기를 참을성 있게 기다려준다.

폭발물을 찾고 있다는 말도, 방해 전파를 쏜다는 말도 있지만 진짜 용도를 아는 사람은 아무도 없다. 해가 바뀐 뒤로 상시 백 대 가까이 도내를 돌아다닌다고 한다.

사진을 찍고 싶었지만 캐터필러는 사진을 찍으면 안 된다고 가나코에게 듣기도 했고 디지털카메라도 안 가지고 있던 터라 그만두었다. 다음에는 언제나 볼 수 있을까.

2월 모일 맑음 때때로 흐림

일본에는 창업한 지 백 년이 넘는 개인 점포가 많다고 들었는데, 일본 과자는 그런 상점이 가장 많은 업종이다.

집 근처에 있는 가게도 그렇다. 1850년대에 창업했다니 놀라지 않을 수 없다. 그런 이야기를 했더니, 편집자 마유미의 출신지인 교토에는 이백 년, 삼백 년 된 일본 과자 상점도 드물지 않으며 15세기부터 이어져오는 상점까지 있다고 했다. 개척자가 선주민족과 싸우고 있을 때도, 메이플라워 호가 상륙했을 때도 교토에서는 내내 팥을 이기고 있었나 생각하니 시간의 흐름이란 전혀 일률적이지 않구나 싶다. 찹쌀떡이며 경단은 전부터 좋아했지만, 계절마다 바뀌는 보석 같은 일본 과자의 디자인, 전통 종이를 쓴 패키지, 아름다운 노끈으로 묶은 상자의 포장지에 홀딱 반했다. 그렇게 공언하고 다녔더니 일본 친구들이며 편집자들, 일본에 산 지 오래된 본국 친구들이 이것저것 다양하게 가져다준다. 생김새는 계피 가루 같은데 맛은 다른 콩가루, 반투명에 쫄깃한 규히_{찹쌀가루에 설탕과 조청을} _{섞어 반죽한 떡}도 좋아하게 되었다. 아무리 봐도 싫증이 나지 않아 상자와 종이, 가끔 들어 있는 이쑤시개까지 뭐 하나 못 버리겠다. 도쿄의 벽장에도 과자 상자와 포장지가 착착 쌓이기 시작해 가나코가 어이없어 한다.

도쿄의 거리는 겉으로 보기에는 십 년 전 왔을 때와 달라지지 않았다. 물론 변화 속도가 빠른 도시이니 건물은 많이 바뀌었겠지만, 이번 내가 온 시점에 재해가 할퀴고 간 자국은 거의 찾아볼 수 없었다. 피해가 컸던 저지대나 신주쿠 이북의 오래된 주택가에는 가보지 않았기 때문일 수도 있다. 구태여 보러 갈 생각은 없고, 그런

것은 보고 싶지도 않으니 아마 무의식중에 안 보이는 척하는 것이
리라.

2월 모일 흐리고 잠깐 진눈깨비

도쿄에 와서 처음 한 일은 일본제 노트를 산 것이다. 검은 종이
테이프를 등에 바른 노트. 할아버지가 그러했듯 일본제 노트에 이
수기를 쓰기로 했다.

똑같이 해보고 싶다는 것도 있었지만, 노트에 손으로 쓰는 게 가
장 안전하다고 여러 사람에게 조언을 받았기 때문이다.

한동안 편지가 부활했었는데 말이지, 하고 가나코도 말했다. 봉
투에 넣은 편지. 손으로 직접 쓰는 게 비밀을 제일 잘 지킬 수 있거
든. 단말기를 쓰면 입력한 내용이 전부 읽힌다고 봐도 지장 없는
모양이다. 도쿄로 오기 전에도 친구에게 비슷한 말을 들었지만 그
때는 심각하게 생각하지 않았다.

표지에 일본어로 '도쿄의 일기'라고 써보았다. 'の의'는 생김새도
어째 귀여워서 용법도 맨 먼저 익혔다. 눈알 같기도 하고, 콩에서
싹이 난 것 같기도 하고, 몇 번씩 계속해서 쓰다 보면 오른쪽 밑 부
분이 외발 용수철이 되어 깡충깡충 뛰어갈 것 같다. 한자 문화권인
타이베이 출신의 친구에게도 히라가나는 흥미로운 듯하다. 타이베
이에서도 'の'는 인기가 많아 상점 간판 등에 많이 쓰인다고 한다.

2월 모일 맑음

일본에서는 일기에 그날 날씨를 쓰는 습관이 예로부터 있는 모양이다.

날씨에 관한 화제가 인사를 대신하는 것도 그 때문일까. 물론 나도 그 습관을 따르기로 했다.

일본에서는 심각한 재해가 발생했을 때 기상청에서 이름을 붙인다. 태풍은 워낙 많이 발생하는 터라 번호를 매기지만, 정부가 원조하고 보험을 적용할 수밖에 없는 경우에는 이름이 붙는다고 한다. 지명이나 날짜가 이름에 들어가는 경우가 많다. 금세기 들어서는 온난화로 인해 도시 주변에서 집중호우(게릴라 호우라고 불린다)에 의한 수해가 늘었다고 한다.

그 지진은 날짜가 날짜인 만큼 '4월 바보 지진'은 어떻겠느냐는 제안이 기상청 내부에서 있었는데, 몰상식하다, 지금 장난치는 거냐하는 거센 반대에 부딪혀 철회되었다는 도시 괴담이 존재한다. 그 때문인지 일본 사람들은 다들 평소 대화에 '4월 바보 전에는' '4월 바보 뒤' 하고 쓴다. 단, 그 말을 그 의미로 외국인이 쓰는 것은 허용되지 않는다.

비가 많은 아시아에서도 겨울은 건조한 계절이다. 일본의 젊은 여자들은 건조에 민감해서 다들 만날 때마다 크림이며 미스트 워터 등을 권한다. '보습'은 이 계절의 암호다.

2월 모일 비

신주쿠 영화관에서 K. K. 감독의 회고전.

할아버지가 일본에 왔던 1970년대, 도쿄 영화관에서 호러 영화를 봤다는 시가 남아 있다.

간토 대지진 직전이 배경인 영화는, 의자 속에 남자가 있고 그 의자 위에서 남녀가 정사를 나눈다는 내용이었다. 마유미에게 물었더니 일본의 저명한 미스터리 작가의 단편이 원작이라는데, 그녀가 아는 영화는 90년대 이후 만든 것이고 짚이는 데가 없다고 했다. 알아보겠다고 했지만, 도쿄에서 할아버지와 똑같은 영화를 보면 재미있겠다는 것뿐이라 별로 꼭 봐야 하는 것은 아니다.

나도 K. K. 감독의 호러 영화를 좋아한다. 어둠 속에서 여자가 걸어오면서 몇 번씩 발을 삐끗하는 장면, 유령인 듯한 여자의 얼굴이 절반만 보이는 장면이 아주 마음에 들었다.

외국에서 본다면 따분한 문예 영화보다 호러 영화가 좋다. 말을 잘 몰라도 그런대로 즐길 수 있고, 공포 묘사에 국민성이 드러난다.

신주쿠를 걷는데 털실 모자와 선글라스, 마스크로 얼굴을 가린 남자들이 삐라를 나눠주고 있었다. 받는 사람도 간혹 있지만, 대다수가 그들을 피하듯 빠른 걸음으로 지나간다. 땅에 떨어져 있던 삐라를 주워 읽어보았다. 어려운 한자도 있었지만 이렇게 쓰여 있었다.

'정부는 즉각 도쿄에 선포된 계엄령을 해제하라. 도쿄는 이미 부흥했다. 현재 일본은 지진으로 인한 혼란을 수습한다는 명목으로

일부 독재자에게 편리한 관리통제 사회가 되고 말았다. 깨어나라, 도쿄 도민. 저항하라, 일본인.'

어디선가 경찰관이 나타났다. 누가 신고했나 보다. 경찰관들을 보기 무섭게 남자들은 뿔뿔이 흩어져 달아났다. 길 가는 이들은 그 모습을 흘깃 볼 뿐 모두 무표정하게 지나간다.

3월 모일 흐림

신주쿠에서 주운 삐라를 일본 사람에게 보이면 다들 말을 어물거리며 눈을 피한다.

가나코는 꽤 솔직한 편인데도 밖에서 그 이야기는 안 하는 게 좋겠다고 짤막하게 말했다. 그나저나 일본 친구들은 내 질문에 마치 다 같이 연습한 것처럼 똑같은 반응을 보이며(얼굴에 불투명한 막을 쓴 것 같아진다), 그 이상 캐고 들려 하면 슬그머니 말을 얼버무린다. 내 눈에는 보이지 않는 선이 그들에게는 보이고, 그 선은 늘 똑같은 곳에 존재하는 모양이다. '포렴 밀치기우리말로 '호박에 침주기'라는 뜻' 같은 기분이 들지만, 예전에 읽은 맥밀런의 《세계 비교문화사》의 한 구절이 지금도 버젓이 통용된다는 것을 알 수 있어 어쩐지 웃음이 났다. 이런 구절이었다. 지금도 외워서 읊을 수 있다. '……복잡하고 미묘한 뉘앙스를 가지는 일본어는 정중함의 정도에 따라 적어도 4단계로 바꿔 말하는 게 가능. ……커뮤니케이션에 간접적인 표현과 언외의 뉘앙스가 다수 포함되는데, 일본인끼리는 그것을

완벽하게 이해한다. ……일본인은 절묘하게 컨트롤된 집단 사고를 갖는 국민이다.'

일본엔 사람들을 입 다물게 하는 데 아주 편리한 말이 있거든. 가나코가 차갑게 말한 적이 있다.

그 마법의 단어는 '자숙'이라고 한다.

3월 모일 흐림

근처에 구라야미자카, 즉 '어둠 고개'라는 이름의 비탈이 있는데, 이름 그대로 낮에도 어쩐지 어둡다. 경사가 가파른 데다 주위에 오래된 건물이 많고 거목이 울창해서 그럴 것이다.

본국에서도 줄곧 비탈이 많은 지역에서 살았던 터라 비탈을 걷는 것은 좋아한다. 다만 일본의 비탈은 좁고 구불구불해서 전망이 좋지 않다.

최근 이 부근에 '빛나는 고양이'가 나온다는 소문이 있는 모양이다. 그러나 목격한 사람은 다들 해피아워 이후 자정이 넘도록 퍼마시는 술꾼 친구들뿐이다 보니(즉, 야간 외출 금지령을 어기는 인간들이다. 외국인은 대놓고 위반해도 경찰이 못 본 척한다) 분홍 코끼리와 뭐가 다르냐 하는 레벨이다. 게다가 고양이는 야행성이니 눈이 빛을 반사하는 것 아니냐고 말하며 상대하지 않았는데, 자세히 들어보니 눈이 빛나는 게 아니라 온몸이 발광하는 고양이라고 했다.

그 말을 듣고 생각난 게 저 '캐터필러'다. 그것도 안에서 흐릿하게 발광하는 기묘한 '생물'이었다. 그 뒤로 '캐터필러'와 마주친 적은 아직 없지만, 인구 천삼백만 명인 도시 도쿄에서 백 대는 미미한 숫자, 쉽게 보지 못할 만도 하다. 기묘한 사실은 텔레비전에서도 인터넷에서도 '캐터필러'의 영상이나 사진을 본 적이 없다는 것이다. 그 점을 봐도 당국이 '캐터필러'에 관련된 정보를 삭제하고 있음이 명백하다.

'빛나는 고양이'는 그것과 관련이 있을까. 고양이가 빛난다고 뭐가 어쨌다는 건가 싶기도 하지만.

3월 모일 맑다가 흐리다가

도서관에 간다고 말했더니 가나코가 뭘 조사하느냐고 물었다.

딱히 감출 일도 아니기에 일본의 계엄령에 관해 조사하고 싶다고 대답했다.

그러자 그녀는 목소리를 낮추고 "컴퓨터로 그 말을 조사하거나 자료를 청구해서 대출하지 않는 게 좋아. 개가식 서가에서 관련된 책을 빼와 도서관 안에서만 읽고 복사도 하지 마"라고 했다. 이유를 물었더니 현재 당국은 '계엄령'이라는 말에 민감해서 그 말을 검색하는 사람을 체크한다는 것이다. 20세기 말엽에 도쿄에서 화학테러 사건이 발생했을 때도 도서관 대출 기록을 조사해 문제가 됐는데 지금의 일본은 그와 비교도 안 된다. 당국이 계엄령을 내리는 가장 큰 이점은 계엄령하에서는 통신의 방청 및 도청, 우편물

개봉이 가능하다는 것이라고 했다.

그런 말을 듣고 나니 불안했지만, 도서관으로 가서 어리고 얌전한 대학생들과 졸고 있는 남자들 틈에 섞여 책을 읽었다. 잘은 몰라도 그들은 몇 번씩 차를 우린 티백 같다. 생기 없이 축 늘어져 있고 회색이다.

3월 모일 봄 첫 바람 불다

'봄 첫 바람'이라는 이름은 근사하지만, 변덕스레 불어 닥치는 찬 바람에는 두 손 들었다.

동네 일본 과자 상점에 유채꽃과 벚꽃 모양으로 만든 생과자가 진열되기 시작했다. 쑥떡은 원래 쑥 냄새가 거슬렸는데, 익숙해지고 났더니 그 향기를 자꾸만 들이쉬게 된다. 말차의 걸쭉한 감촉도 생과자와 잘 어울린다는 것을 알게 됐다.

가끔 다회를 열어주는 고바야시 씨는 전직 고등학교 역사 교사라는데, 내가 일본의 계엄령에 관해 묻자 조용한 어조로 '어디까지나 잡담으로' 이야기해주었다.

사실 진정한 의미의 계엄령은 일본에 한 번도 내려진 적이 없다. 원래 계엄령이란 법률이 정비되어야 내릴 수 있는 것이니, 당연히 메이지 이후 대일본제국 헌법이 발포되면서 가능해진 셈이다. 그렇지만 시민이 완전히 군부의 통제하에 들어간다는 의미의 계엄령은 여태 내려진 적이 없다. 그 상황에 가장 근접했던 게 러일전쟁 당시

규슈와 홋카이도 해안 지역 일부였는데, 군부가 사람과 물자의 출입을 체크하고 우편물도 모조리 개봉했지만 그것도 극히 단기간에 해제되었다. 그 뒤 히비야 방화 사건과 간토 대지진, 2·26 사건 당시 혼란을 수습하는 목적으로 군부가 동원된, 행정계엄이라 불리는 완만한 계엄령을 끝으로, 종전 직전 본토 결전을 앞두었던 시기에조차 계엄령은 내려지지 않았다.

제2차세계대전 뒤 일본국 헌법 아래 군대를 갖지 않게 된 일본은 계엄령도 없었으나, 동맹국의 요청 및 주위 환경의 격변으로 전수방위專守防衛라는 명목 아래 자위대가 발족, 그렇지만 다행히 계엄령이 필요하다 여겨지는 사태는 발생하지 않았다.

전기轉機를 맞이한 것은 20세기 말엽의 한신·아와지 대지진 때였다.

자위대는 원칙적으로 내각 총리대신과 재해 지역 지자체장의 요청이 있을 때 비로소 출동할 수 있다. 즉, 극단적으로 말해서 재해 지역 수뇌부가 전멸했을 경우 구조하러 갈 수 없다. 자위대의 판단만으로 움직이는 것은 명백히 문민 통제에 위반되기 때문이다. 이런 딜레마를 해결하기 위한 유사有事 입법 법안이 온갖 계산과 흥정, 또는 고뇌와 타협의 결과 성립되어 조금씩 수정을 거쳤다. 그러다가 '그 지진'이 발생하면서 금세기 처음으로 '재해에 따른 혼란 수습 및 복구의 질서 있는 시행'을 위해 행정 계엄이 내려지게 되었다.

문제는 그 뒤 일 년 가까이 지났는데도(고바야시 씨는 그 기간이면 아기도 태어나는데 말이죠, 하고 중얼거렸다) 계엄이 해제될 기미가 없다는 점이었다.

고바야시 씨는 십중팔구 이 기회를 이용해 국가공안위원회와 경찰청, 국세청 등에서 시민의 정보를 철저하게 조사하고 있을 것이라고 말했다. 지난 세기 말부터 전세계적으로 강해진 프라이버시 개념, 개인정보보호법 등으로 손대기 어려워진 정보를 원하던 그들에게 '질서가 회복되기까지 일시적으로 통신·정보를 국가의 관리하에 두는' 이번 사태는 천재일우의 기회였다.

정보는 정보를 원하게 마련이거든요. 고바야시 씨는 말했다.

한번 수집하기 시작하면 수집하는 것 자체가 목적이 됩니다. 혹시 빠뜨린 건 없나, 더 없나, 어디 모르는 정보가 있는 건 아닌가, 누가 감추고 있지는 않나, 의심에 빠져서 정보 자체를 비대하게 살찌우면서 더 더 하고 탐욕스럽게 원하게 되는 거죠.

산책 나갔다 돌아오는 길, 구라야미자카에서 주황색 빛 몇 줄기가 시야 끄트머리를 가로질렀다. 전조등 불빛이었을 수도 있다. 아주 잠깐이었다.

3월 모일 흐림

벚꽃 몽우리가 맺혀 붉어졌다.

'벚꽃 전선'은 이미 도쿄 근처까지 와 있다. 일기예보에서 처음으로 분홍색 선이 그어진 일본 지도를 봤을 때는 무슨 농담인 줄 알았다.

일본인은 다들 벚꽃에 정신이 팔려 있지만, 순백색 거품 같은 조팝나무 꽃도 아름답고 목련 나무는 작은 새들이 무수히 앉아 있는 것 같다.

실제로 최근 흰 비둘기가 하늘을 날아가는 것을 자주 본다. 날이 갈수록 그 수가 늘어나는 것 같다.

가나코의 말로는 전서구라고 한다. 최근 전화 도청과 메일이나 블로그 검열이 빈번해지고 우편물도 상당량 개봉되는 것을 다들 느끼는 터라 '만나서 이야기하자'는 캠페인이 풀뿌리 차원에서 벌어지고 있다 한다. 또 손으로 쓴 편지를 우편이나 메일이 아니라 전서구를 통해 보내자는 운동도 활발해지고 있는 모양이다. 도내 몇 곳에 비둘기가 날아가는 루트를 만들어놓아 다들 그곳에 편지를 가지고 가거나 또 회수하러 가는가 하면, 조직적으로 활동하는 시민 단체도 여럿 생겼다고 한다.

그렇지 않아도 도쿄 하늘은 북적거린다. 오래된 동네에서 골목길을 걷다가 하늘을 보면, 금속 폭포 같은 건물이 멀리서 천둥 울리듯 포효하며 수직으로 하늘을 향해 뻗어나간다. 기와지붕 같은 비늘에(동양의 기와지붕은 용 비늘을 염두에 둔 게 틀림없다) 태양광이 반사되어 번쩍인다. 재개발로 즐비하게 늘어선 기중기가 빛을 받으니 꼭 십자가, 또는 묘비 같다. 오래된 절 위로 횃불처럼 생긴 아

파트가 우뚝 솟아 있다. 하루에도 몇 번씩 은빛 비행선이 불빛을 깜박이고 공중을 떠다니며 노래를 틀어준다. 이 뒤죽박죽의 기묘한 풍경이 나는 싫지 않다.

일설에 따르면 '그 지진'은 건설 관계자와 토지 개발업자, 또 도시계획 전문가들의 입장에서는 '미묘하다'고 한다. 파괴력이 도쿄의 인프라를 괴멸시킬 만큼 크지는 않았던 터라 도심의 건물은 대부분 그대로 남아 있고, 보이지 않는 부분의 복구가 기술적으로 까다롭고 수고스럽기만 하다 보니 그들에게 돌아가는 이득은 거의 없는 모양이다. 또 피해가 심각했던 저지대 등 오래된 주택가는 지진 보험에도 들지 않은 데다, 개인의 소유권이 복잡하게 뒤얽힌 탓에 재개발에 오랜 시간이 걸릴 것으로 여겨진다. 차라리 전부 파괴되었으면 좋았을 텐데, 하는 위험스러운 감상도 등장했다 하고, 건설사 및 자재 관계 회사의 주가가 의외로 상승하지 않은 모양이다. 행정 계엄하의 특례 사항으로 효율적이고 신속한 재개발을 위해 국가가 일시적으로 토지를 소유할 수 있게 하면 어떻겠느냐고 부동산 및 건설업계에서 제안했다고 한다. 언뜻 보면 조리가 서는 것 같지만 잘 생각하면 무서운 이야기다.

3월 모일 비
일본 풍경의 특징 중에, 어디를 가나 자동판매기가 있다는 게 있다. 동전도 쓸 수 있지만 휴대전화나 카드 같은 전자화폐를 쓰는 게 대부분이다.

나는 일본의 자동판매기가 영 불편하다. 꼭 로봇 같은 게 인격이 느껴진다. 괜히 뿅뿅 소리를 내면서 불빛은 깜박이지(도쿄는 점멸을 좋아하는 것 같다), '감사합니다' '이후 세 시간 뒤 날씨 흐림' '뜨거우니 주의하세요' 하고 말을 걸어온다.

이 좁은 지역에 자동판매기가 이렇게 많이 있으니 도쿄 전체로 따지면 대체 얼마나 많을까! 도쿄가 캄캄한 암흑에 싸이고 온 도쿄의 자동판매기에만 불이 들어와 있다는 상상을 문득 해본다. 그럼 무수한 자동판매기의 불빛이 뇌 시냅스처럼 보이지 않을까? 이윽고 그들은 서로 연락해서 네트워크를 형성하고 정보를 주고받아 단일한 의식을 갖게 되지 않을까. 그런 바보 같은 생각을 하면서 페트병에 든 녹차를 샀다. 오늘은 벚꽃 찹쌀떡이다. 떡을 싼 이파리의 향기가 빗속에 더 뚜렷하게 느껴지는 것 같다.

4월 초하루 맑음

1일 또는 초하루를 '쓰이타치ついたち'라고 읽는다고 몇 번을 들어도 이해를 못 하겠다. 후쓰카ふつか, 2일, 밋카みっか, 3일, 욧카よっか, 4일는 그나마 알겠는데. 이 일기에 날짜를 대개 '모일'이라고 적는 것은 날짜를 밝히지 않는 모호함이 재미있을 것 같아서, 그리고 '모'라는 말의 느낌이 마음에 들어서다.

다양한 추모 행사가 거행되어 집에 얌전히 있었다.

마유미가 가져다준 〈인간의자〉라는 1990년대 영화를 보았다. 내용이 완전히 미쳤다. 우리 집 소파에 프레디나 제이슨이 들어 있다면? 정말 싫다!

내 작업용 의자가 에어론 체어라 다행이다.

4월 모일 맑음

요새 냉장고에 들어간 것처럼 춥다. 벚꽃의 개화가 늦어지는 모양이다. '꽃샘추위'라는 말도 있다고 한다.

지난달 하순경부터 밤이면 밤마다 롯폰기 부근에 새카만 버스가 나타나기 시작했다.

특히 야간외출금지 시간이 되면 거대한 버스가 잇따라 와서 선다. 앞뒤 문이 조용히 열리면 사람들이 빠른 걸음으로 건물에서 나와 올라타거나 버스에서 내려 건물로 들어간다. 야간 외출 금지령을 '외출하지 않으면 된다' → '밖을 걸어 다니지 않으면 된다'고 해석해서 '밖에 나가지 않고' 번화가를 이동하는 것이라고 한다. 공공 교통기관은 이미 운행을 종료했다고 되어 있으니 어디까지나 '사적으로' 데려다주고 마중 나오고 하는 것이라나. 사철私鐵이나 도영都營 버스 직원이 아르바이트로 일한다고 한다.

택시 운전사들은 당연히 '검정 버스'가 위법행위고 영업방해라고 항의하지만, 레스토랑에서 가까운 바로 이동하는데 택시를 타고 싶지 않은 마음도 이해는 간다. 검은 커튼으로 창문을 빈틈없이 가린 거대한 버스가 길가에 꼬리를 물고 서 있는 것은 기이한 광경이다. 당국의 하얀 캐터필러와 대조적으로 검은 애벌레가 도로 위에서 꿈틀거리는 것 같다.

4월 모일 흐림

롯폰기의 밤이 잠시 시끌시끌했다.

검정 버스와 건물 사이, 겨우 몇 미터 거리의 도로에 있던 시민이 일제 검거에 의해 잇따라 연행되었다고 한다. '외출했다'는 이유인 모양이다.

4월 모일 비

그렇지만 시민도 만만치 않다. 며칠 만에 새로운 검정 버스가 등장했다. 비행기 트랩이나 바이오해저드 방지용 통로처럼 문 안쪽에 늘었다 줄었다 하는 튜브를 설치해, 건물 입구에 튜브를 댈 수 있게 개조했다. 순식간에 다른 검정 버스들도 이렇게 업그레이드되었다. 이러면 '밖에 나가지' 않는다. 롯폰기 도로에 눈 깜짝할 새 검정 캐터필러가 돌아왔다.

4월 모일 맑음

벚꽃이 피었다! 오랜만에 날이 활짝 개어 기온이 부쩍부쩍 올라가면서 몽우리를 한꺼번에 터뜨렸다. 소문대로 꿈결처럼 아름다운, 아니, 꿈결처럼 무서운 광경이다. 보고 있노라면 소름이 돋고, 어딘가 이질적인 세계로 나도 모르게 발을 들여놓을 것 같다. 매일 보던 풍경이 몰라보게 달라져, 벚나무가 이렇게 여기저기 있었나 싶어 놀랐다.

벚나무 밑에는 시체가 묻혀 있다느니 귀신이 있다느니 한다는데 충분히 수긍이 간다. 대체 어떤 영양분을 섭취했기에 이런 꽃을 피울 수 있다는 말인가.

엄청나게 많은 전서구가 하늘을 날고 있다. 전서구를 이용해 연락을 주고받자는 운동 아래 비둘기 떼가 몇 분 간격으로 꼬박꼬박 하늘을 가로지른다. 당연히 새똥에 대한 항의도 늘고 있다 한다. 날마다 하늘에 떠다니는 비행선도, 최근 노래를 알아들을 수 있게 되었는데 알고 보니 노래가 아니라 독특한 억양으로 반복되는 경고였다.

'비둘기를 풀어놓지 맙시다. 똥과 깃털이 떨어져 도민 여러분에게 불편을 끼치고 있습니다. 건물이 손상되고 비행기의 진로를 방해합니다. 대량으로 날면 전파 방해도 야기할 수 있습니다. 비둘기를 풀어놓지 맙시다. 도민 여러분에게 불편을 끼치는 행위입니다. 공중도덕을 지킵시다……'

4월 모일 맑음
벚나무 숲에 피의 비가 내린다.

일본 문학작품의 제목이 아니다. 실제로 벌어진 사실이다.

설마 이런 한가로운 날에 그런 끔찍한 광경을 보게 될 줄이야.

친구, 편집자 등과 지도리가후치에 꽃구경을 갔다. 날씨가 좋아 벚나무 밑은 이미 어디나 사람이 가득했다. 마유미 아는 사람이 미리 자리를 잡아주어서 다행이었다. 사방에 축제 분위기가 흐르는 가운데, 우리 분위기도 점점 고조되었다. 차가운 청주를 마시는 사이 머리와 몸속이 차츰 마비되면서 술자리를 즐기는 사람들의 모습에 이상한 게 오버랩 되어 보였다.

키 작고 깡마른, 다리에 붕대처럼 천을 감은 병사들이 한 줄로 걸어간다.

귀신 가면을 쓰고 긴 기모노를 입은 여자가 춤추고 있다.

피리와 북을 든 작은 동물들이 발치를 달려간다.

멀리 떨어진 벚나무 밑에 사진으로만 봤던 할아버지가 우두커니 서 있는 게 보였다. 나를 보는 것도 같고, 그저 어이없어하는 것도 같다.

나도 말을 붙일 마음은 없었거니와, 무엇보다 지금 보는 광경이 이 세상 것인지 아닌지도 알 수 없었다.

갑자기 하늘이 어두워졌다. 무슨 일인가 보니 하얀 전서구 떼가 하늘을 가로지르고 있었다. 정기편인지 수가 한층 많아 보인다. 멸종된 여행비둘기가 이동할 때 이런 느낌이었을까 생각하는데, 빵하고 뭔가 파열되는 듯한 맑은 소리가 들렸다.

술자리의 소음이 약간 작아지고 사람들이 기묘한 표정으로 하늘을 올려다보았다.

불꽃놀이일까요? 마유미가 말했다.

그런데 이어서 연속되는 총성이 주위를 에워쌌다.

다들 무슨 일이 벌어진지 몰라 얼어붙어 있노라니 하늘에서 뭐가 파닥, 하고 떨어졌다.

시선이 그것에 집중되었다.

비둘기였다. 하얀 비둘기가 땅에 떨어져 있다. 붉은 핏자국이 가슴에 번졌다.

비둘기가 잇따라 떨어졌다. 꽃놀이를 즐기던 이들이 비명을 지르며 갈팡질팡 도망친다. 비둘기가 머리를 때리고, 냄비 속에 떨어지고, 벚나무 가지에 걸렸다가 뒤늦게 떨어지고 하는 바람에 다들 패닉에 빠졌다.

주위를 둘러보자, 기동대(? 나는 경찰과 기동대와 자위대가 구별되지 않는다)가 죽 늘어서 해자를 둘러싸고 하늘을 향해 총 같은 것을 쏘고 있었다.

해자 물에도 흰 덩어리가 점점 떠 있었다. 순간적으로 떡을 넣은 말차 죽을 떠올리고 말았다.

사격은 끝날 줄 모르고 폭죽 터지는 소리를 내고 있다. 무차별적으로 전서구를 쏴서 떨어뜨리는 것이다.

그때 마스크를 쓰고 작업복을 입은 남자들이 달려와 확성기로 소리쳤다.

"비둘기를 건드리지 마십시오. 비둘기를 건드리지 마십시오. 그냥 두십시오. 이 비둘기들은 조류독감 바이러스에 감염되었을 수 있습니다. 지금부터 회수할 테니 이곳을 떠나십시오."

남자들은 장갑을 낀 손으로 척척 비둘기를 비닐봉지에 집어넣었다.

옆에서 마유미가 거짓말이라고 중얼거렸다. 조류독감이라면 마스크와 장갑 가지고 안 된다고요. 비둘기 다리에 묶은 편지를 노리는 거예요.

나는 남자들이 비둘기를 거두어가는 것을 멍하니 바라보았다. 흡사 목련꽃이 땅에 떨어져 있는 듯했다. 시야 끄트머리로 멀리서 할아버지가 곤혹스러운 듯 고개를 가로젓는 게 보였다.

4월 모일 맑음

후지미富士見가 괜히 후지미가 아니다.

마유미가 근무하는 회사 편집부에 갔다. 도쿄는 비탈이 많고 후지미다이富士見台라든지 후지미자카富士見坂 같은 지명도 많은데, 실제로 그곳에서 후지 산이 보이는 경우도 많다고 한다.

여기서도 보인다며 마유미가 근처 호텔 꼭대기 층에 있는 레스토랑으로 데려가주었다. 오늘은 공기가 맑으니까요. 아닌 게 아니라 고층 건물이 늘어선 시가지 저 너머로 그림엽서와 가이드북 등에서 본 실루엣이 보였다. 나는 환호성을 질렀다.

이 지명이 붙었을 무렵에는 고층 건물이 얼마 없었으니 어디서나 보였겠죠. 그 지진이 있은 뒤 이번에는 후지산이 분화할 거란 소문이 한동안 파다했답니다.

저게 분화하면 엄청나겠죠. 나는 대답했다.

에도 시대에 분화했을 때는 '핵겨울' 상태가 돼서 흉작이 이어졌다더군요.

그 광경이 눈에 선했다. 시커먼 구름이 몇 달씩 하늘을 뒤덮어 초목이 말라죽고 회색이 되어버린 세계. 한편으로 분화한 모습을 보고 싶다는 마음도 얼핏 들었다. 거대한 불꽃을 쏘는 듯한, 무지개가 지구에서 뿜어져 나오는 듯한, 악몽 같은 아름다운 광경이 아닐까.

어떠신가요? 도쿄 일기, 잘돼가시나요?

마유미가 생긋 미소를 짓는데, 눈에는 웃음기가 없다. 할아버지가 그랬던 것처럼 도쿄 체재기를 써주기로 되어 있다. 편집자의 눈은 어느 나라나 마찬가지다.

그냥저냥입니다, 하고 대답했다. 할아버지처럼 멋진 산문시는 아닙니다만.

할아버님과 같을 필요는 없지 않나요? 당신은 다른 사람인데요.

마유미는 그렇게 말하며 웃었다.

바람도 없고, 하늘은 맑고, 비행선만 떠다니고 있다. '조류독감 감염 가능성이 있다'는 이유로 도내에 있던 비둘기 사육장은 모조리 폐쇄되고 비둘기는 회수되었다. 당국의 구실이라는 것이 뻔한

데도 비둘기를 건드리기 싫다고 겁먹고 물러난 시민도 많았다고 들었다. 시민들은 비행기의 방송 내용을 점차 주의 깊게 듣게 되었다. 당국이 시민에게 경고하는 내용이라는 소문이 퍼졌기 때문이다. 오늘은 '도쿄의 완전한 부흥을 위해 모두 함께 노력합시다' 하고 앵무새처럼 되풀이하기만 했다.

4월 모일 흐림

나는 야행성이라 어제도 늦게까지 책을 읽다가 새벽이 다 되어 잠자리에 들었다.

동 틀 무렵 자서 10시쯤 일어나는 게 이럭저럭 습관처럼 되었는데, 오늘 아침은 뭔가 기이한 낌새가 느껴져 잠이 깼다.

일어나니 텔레비전 소리가 들렸다. 벌써 오래전에 출근했을 가나코가 거실에서 텔레비전을 뚫어지게 쳐다보고 있었다.

회사는 어떻게 됐느냐고 묻자 아침부터 외출금지령이 내려졌다고 대답했다.

새벽에 주요 관청과 경찰청을 비롯해 도내 열 몇 곳에서 사이버 테러 공격이 벌어진 탓에 모든 교통기관이 움직이지 않는다는 것이었다.

조금 전까지 정전이었어. 가나코는 여느 때처럼 무표정하게 가르쳐주었다.

몰래 큰길까지 나가봤는데 신호등도 전부 꺼졌고 이상한 느낌이었어.

조용한걸. 나는 창밖으로 시선을 돌리며 말했다. 그냥 봐서는 평소와 다를 바 없다.

바람 없는 평온한 아침이다. 겹벚꽃이 피기 시작했다.

베란다 구석에서 요즘 들어 그곳을 지나다니는 도둑고양이가 그루밍을 하고 있다. 물론 진짜 (빛나지 않는 쪽) 고양이다. 고양이에게는 아무런 영향도 없는 모양이다.

어째 거짓말 같은걸. 가나코가 중얼거렸다. 무슨 뜻이냐고 묻자 소문이 돌았거든, 하고 대답했다. 오늘 사이버테러가 있을 거라고. 그래서 오늘 회사마다 자체적으로 휴업한다고.

자숙이군. 내가 말하자 가나코는 잠깐 웃으며 고개를 끄덕였다. 그래, 자숙이야.

내가 어렸을 때…… 그래, 화학테러를 일으킨 신흥종교집단 사건으로 난리가 났을 때도 비슷한 일이 있었어. 교단에 강제 수사를 집행하는 날, 도내에서 또 화학테러를 일으킬 거란 소문이 퍼져서 평일인데도 다들 가게 문을 닫았거든. 그래도 철도는 움직였고 대다수는 평소대로 출근했지만, 당시 텔레비전에 나온 영상을 보고 깜짝 놀랐어. 신주쿠 역 개표구 주위, 가게들이 하나도 안 빼놓고 셔터를 내렸지 뭐야. 백중이나 정월에도 그 정도로 다 닫지 않는데.

그래서 테러는 있었어? 내가 묻자 가나코는 고개를 흔들었다. 아니, 없었어.

결국 이날 외출금지령은 정오 정각에 해제되어 가나코는 오후에 출근했다. 다행히 사이버테러에 의한 인명 피해는 없다고 했다.

4월 모일 가랑비

몇 곳은 정말 공격을 받지 않았을까요?

고바야시 씨는 '잡담'을 시작했다. 장식단에 꽂아놓은 자그마한 청자색 창포가 시원스럽게 보인다.

과연 뉴스에서 이야기했던 것 같은 규모였을지는 의심스럽지만 말이죠. 특히 정전. 도내가 일제히 정전된다는 건 믿기 어렵습니다.

그럼 대체 뭐였을까요?

나는 그렇게 물으며 처음 보는 일본 과자를 먹었다. 네모난 피자처럼 생겼는데, 윗면은 맛깔 나는 색깔로 노르스름하게 구워 겨자씨를 뿌렸다. 구운 과자 같은데 신기한 맛이 났다. 단 것 같기도 하고, 짠 것 같기도 하고.

내 표정이 어지간히 이상했는지 고바야시 씨와 부인이 유쾌하게 웃었다.

이건 말이죠, 흰 일본 된장이 들었답니다. 뒷맛이 살짝 짭짤하죠?

나는 납득했다. 확실히 된장 맛이다.

아마 다음엔 테러리스트를 찾는다는 구실을 들고 나올 테죠.

고바야시 씨는 혼잣말을 했다.

지진 뒤 혼란을 틈타 악의를 가진 사람이 사이버테러를 일으켰다. 사이버테러는 우리 생활에 대한 위협이다. 그런 테러를 일으키는 사람이 우리 가까이에 있다. 도민의 안전과 생활을 위협하는 자는 용서할 수 없다. 당신들도 자신의 안전을 지키기 위해 협조해야 한다……

고바야시 씨는 얼굴을 들고 나를 보며 빙긋 웃었다. 그러더니 내가 뭐라 하기도 전에 칠기 쟁반에 놓인 과자로 시선을 돌렸다.

이건 솔바람이라고 해서 아주 오래전부터 있었던 과자랍니다. 오다 노부나가와 싸우던 절의 승려들이 군량으로 가지고 있었다고 합니다. 병사의 휴대 식량이죠.

오다 노부나가는 안다. 센고쿠 시대 무장이고 대단히 독창적이며 시대를 앞서가는 인물이었는데, 과격한 성질이 화가 되어 부하에게 배신당했다던가.

어째서 이름이 솔바람일까요. 아름답기는 합니다만.

여러 설이 있습니다. 그 과자, 윗면은 노르스름하게 구워졌지만 아랫면은 아무것도 없잖습니까? '솔바람만 불 뿐 외로운 포구(뒷면)일본어로 '포구'와 '뒷면'의 발음이 같음'이란 말에서 따왔다고 합니다.

고바야시 씨는 종이에 써서 음이 같은 두 한자의 의미를 가르쳐 주었다.

노가쿠일본의 대표적인 가면 음악극에 〈솔바람〉이라는 작품이 있습니다. 스마 포구라는 바닷가에서 마쓰카제솔바람 와 무라사메소나기 라는 자매의 망령이 이 또한 세상을 떠난 아리카와 유키히라를 그리워하며 춤추는데, 아침이 되고 나니 소나무 사이를 부는 바람만 남아 있었다는 이야기죠.

그제야 무슨 말인지 이해될 듯했다.

고바야시 씨는 말을 이었다.

일본에선 솔바람이라고 하면 바닷가라는 이미지가 있습니다. 솔바람이 파도 소리를 연상시키는 거죠. 다른 설에선, 노부나가하고 싸웠던 절의 문적門跡, 그러니까 교황처럼 가장 높은 사람입니다만, 그 문적이 있던 절은 처음엔 오사카 만 근처에 있었는데 십 년에 걸친 싸움과 강화講和 끝에 최종적으로 교토로 옮기거든요. 그쯤엔 일문 승려의 휴대 식량이 서민들 사이에도 전파돼서 과자로 먹고 있었습니다. 그걸 보고 문적은 '깜박하고 파도 소리인가 했더니 머리맡 가까운 정원의 솔바람'이라는 시를 읊는답니다. 예전에 살던 바닷가의 파도 소리가 들리는 줄 알았더니 솔바람이었다는 거죠. 이 시에서 '솔바람'이란 이름이 붙었다는군요.

하도 복잡하고 중층적인 이야기라 이해하는 데 시간이 걸렸다. 아니, 나는 십중팔구 고바야시 씨 이야기의 진짜 의미를 거의 이해하지 못했을 것이다.

5월 모일 흐림

도쿄 도의 출생률이 증가하고 있다고 한다. 9·11 뒤 뉴욕에서도 증가했던 게 생각났다. 생명의 위험을 강하게 느끼고 나면 자손을 남겨야 한다는 위기감이 커지기 때문일 것이다.

주간지가 잘 나가는 모양이다. 신문이며 텔레비전에서는 거의 보도되지 않는 도민 생활의 압박에 관해 주간지만은 온갖 수상쩍은 음모론을 포함해 매주 기사를 내보내기 때문이다.

사회적 내용의 블로그가 연이어 삭제되고 폐쇄되는(물론 공식적으로는 개인 사정이라는 이유로) 상황에 오히려 활자 매체 쪽이 자유롭다.

술과 책의 판매도 호조다. 야간외출금지령 탓에 집에서 술 마시는 사람이 늘어나는 한편 아침까지 밖에서 노는 사람도 오히려 늘었다. 라이프스타일이 양극화되었다. 금욕적인 타입과 은밀히 향락을 즐기는 타입. 원래 못하게 하면 더 하고 싶어지게 마련이라고 금지령 덕에 밤놀이가 전보다 더 재미있어졌어, 하는 일본 사람을 몇 명 알고 있다. 책을 읽게 하려면 책을 금지하는 게 제일이라고 마유미가 말했던가.

5월 모일 맑음

도서관에 있는데 갑자기 경찰관이 닥쳐들었다. 테러리스트 용의자가 도서관에 있다고 했다. 관장이 새파랗게 질린 얼굴로 뛰쳐나와 항의했지만, 경찰관들은 '시민의 신고를 받았습니다'라면서 안에 있던 이용객들의 도서관 등록증 번호를 조사하더니 한 젊은 남자를 데려갔다. 키가 훌쩍 크고 얼굴이 앳된 남자는 어안이 벙벙해서는 자기가 무슨 이유로 끌려가는지 모르는 눈치였다. 컴퓨터 접속 기록을 '훔쳐봤다'는 게 명백했다. 사서들은 모두 노여움에 표정이 굳어 있었다.

6월 모일 비

6월 초하루에 은어 낚시가 해금됐다고 마유미가 어린 은어의 모습을 본뜬 과자를 주었다. 좋아하는 규히가 들어 있으므로 내 취향이다. 은어 자체는 독특한 쓴맛 때문에 잘 못 먹는다.

마유미에게 지금까지 쓴 일기를 보여주었다. 계속 쓰라고 했다.

6월 모일 장마 시작

연일 비. 한자로 梅雨라고 쓰듯, 이 시기면 매실이라 해서 플럼 비슷한 열매가 시장에 나온다.

가나코가 매실주 담그는 것을 거들었다. 가느다란 대막대기로 꼭지를 떼고 얼음사탕과 무색 알코올에 절인다. 매실주를 담는 유리병이 제법 그럴싸해서 선물용으로 사놓았다.

6월 모일 비

도쿄타워의 야간 조명은 색깔과 디자인이 그날그날 달라진다. 무슨 암호가 아닐까 하는 소문도 있다.

질리지도 않고 내리는 빗속에 우산 없이 후드 달린 레인코트를

입고 밤에 산책 나가는 게 요새 습관이다. 일본 사람은 비가 약간
만 와도 꼭 우산을 쓴다.

밤은 어둡다. 길에 다니는 사람도 없다. 빗속에 부옇게 흐린 도
쿄타워는 어딘지 모르게 '묵시록적 풍경'이라는 말을 연상시킨다.
밤비는 한숨과도 같이, 또 푸념과도 같이 일정한 세기로 계속해서
내린다.

며칠 전 손목시계가 멎었다. 건전지를 갈면 되는데 어쩐지 그냥
두고 있다. 할아버지 책에 고장 난 시계를 가지고 도쿄를 산책하는
시가 있는 것도 이유거니와, 만약 경찰관이 외출했다고 뭐라 할 경
우 시계가 고장 나 시간을 몰랐다고 변명할 수 있을 것이다.

여전히 골목 여기저기에 우두커니 선 자동판매기를 보면 움찔하
게 된다. 자동판매기의 점멸이 도쿄타워의 점멸과 일치하는 듯 보
인다. 자동판매기는 무슨 말인가 중얼중얼하는데, 귀 기울여 들어
봐도 의미 불명이다.

6월 모일 비

가부키 좌에서 가부키를 보았다.

이상한 공간에 이상한 분장, 이상하게 화려한 의상, 이상한 포즈.
신기한 서커스를 보는 기분. 독특한 구령, 중앙 통로에서 춤추는
'그 외 다수'의 사람들.

배우들은 묘하게 늘어지는 템포로 얼굴이며 몸을 기우뚱하게 기

울인다.

이윽고 그들의 얼굴이 빙글빙글 돌기 시작했다. 축제 날 본 바람개비처럼 얼굴만 기모노 위에서 돌고 있다.

문득 바라보니 객석에 앉은 관객들의 얼굴도 돌고 있었다. 손뼉치고 환호성을 지르는 관객의 얼굴이 힘차게 돌고 있어 표정은 잘 보이지 않는다.

혹시 내 얼굴도 돌고 있을까.

6월 모일 흐림

'진돈야'란 옛날부터 있던 샌드위치맨이라고 한다.

오늘 도서관에서 오는 길에 센다이자카를 내려오는데 피리와 북을 요란하게 연주하며 올라오는 집단과 마주쳤다.

선두에 선 남자는 지난번 가부키에서 본 의상 비슷한 것을 입고 몸 앞으로 맨 북을 둥둥 치고 있었다. 일본식으로 머리를 올린 여자도 있다. 하얗게 칠한 얼굴, 피에로 같은 웃음을 띤 길게 찢어진 입술. 단발머리 아이와 커다란 고양이도 있었던 것 같다.

길 가던 다른 이들도 나와 마찬가지로 어안이 벙벙한 표정으로 그들을 바라보고 있었다. '금일 신장개업'이라고 쓰인 어깨띠를 둘렀다.

기묘한 가락을 붙여 유난히 명랑한 노래를 부른다. 가사는 잘 알아들을 수 없었지만, 도중에 몇 번씩 다 함께 되풀이하는 후렴 부분만은 알아들었다.

'용기를 주고 싶어 용기를 주고 싶어 도쿄에게

용기를 주고 싶어 용기를 주고 싶어 일본에게'

그 소절만 묘하게 머리에 남았다.

세어보니 여덟 명(고양이도 넣어서)이었다. 그들은 천천히 비탈을
올라가 교차로에서 꺾어져 시야에서 사라졌다.

6월 모일 비

저번에 본 진돈야가 최근 화제인 모양이다. 그들은 어디선가 나
타나 그 노래를 부르며 떠들썩하게 지나간다고 한다. '금일 신장개
업'이란 파친코 업소에서 기계를 새로 들였을 때 쓰는 선전 문구
다. 파친코 업소 개점에 진돈야를 동원하는 일은 드물지 않지만,
아무도 그들이 어느 업소에서 의뢰를 받았는지 모른다. 노래 내용
이 꽤나 자극적이기에 당국도 관심을 갖고 있는 모양이다. 어느새
'도쿄 용기대'라는 이름이 그들에게 붙었다. 요새는 라디오에서도
그 소절을 들을 수 있다.

6월 모일 큰비

연일 세찬 비. 장마가 끝날 무렵이 되면 이렇다고 한다.

텔레비전에서 미니스커트를 똑같이 맞춰 입은 인형 같은 여자애
들 열 몇 명이 어디서 들은 노래를 부르고 있었다. 편곡해서 달라

지기는 했지만 진돈야가 부르던 곡이었다.

'TOKYO 용기대 언리미티드'라는 그룹이란다. 옆에서 가나코가 미친 듯이 웃었다.

가사는 당국도 트집 잡을 수 없을 만큼 긍정적이고 '올바른' 내용인데, 그것 자체가 진돈야를 아는 도민에게는 굉장한 야유라고 한다.

6월 모일 비

오늘 고바야시 씨 댁에 갔더니 부인이 혼란스러운 표정으로 나왔다.

고바야시 씨가 아침 일찍 경찰에 잡혀갔다는 것이다.

남편이 나가면서 아는 변호사와 상의하라고 해서 연락은 했는데, 뭐가 어떻게 된 일인지 도통 모르겠다며 고개를 내저었다.

죄송해요, 오늘은 다회를 못 하겠네요, 원래는 이걸 먹으려고 했는데 가지고 가세요. 부인은 내게 과자 상자를 주며 그렇게 말했다.

수국 꽃 모양의 과자. 나는 선생 집 마당에 있는 진짜 수국을 멍하니 바라보았다. 일곱 가지 색깔로 변한다는 말은 그냥 미신인 줄 알았는데 정말 색이 변한 것을 보고 놀랐다.

6월 모일 비

고바야시 씨는 아직 돌아오지 못했다. 사이버테러를 주모했다는 혐의를 받고 있다고 한다.

오늘 내게도 경찰이 찾아왔다. 내가 고바야시 씨 댁에 드나들던 것을 동네 사람의 증언으로 안 것이다. 일본 문화를 좋아하는 외국인인 척했다. '미주알고주알' 질문을 했으나, 곧 귀국한다는 말을 듣고 순식간에 관심을 잃은 듯했다. "일본 과자는 저칼로리에 뇌에도 좋답니다" 하면서 그때 먹고 있던 설탕에 버무린 콩을 권하자, 의아한 표정을 지으며 돌아갔다.

6월 모일 비

도쿄의 장마는 아직 걷히지 않았다.

밤거리를 산책했다. 마유미는 내 〈도쿄 일기〉를 본국으로 가지고 돌아가 그쪽에서 출판해달라고 했다. 일본에서는 못 낼 가능성이 높아졌다는 것이다.

오랜만에 캐터필러를 보았다. 환각이었을 수도 있다. 그렇지만 비 내리는 교차로를 천천히 가로지르는 것은 분명 주황색 빛을 내장한 하얀 애벌레였다. 비의 필터 너머로 꿈처럼 지나간다. 자세히 봤더니 안에서 춤추는 사람의 실루엣이 보인다. 북 그림자, 고양이 그림자, 여자의 일본식 머리 그림자. '도쿄 용기대'가 안에서 춤추는 모양이다.

6월 말일 약간 흐림

찌뿌드드한 하늘. 비가 반짝 갰다.

가나코와 마유미, 친구들이 배웅 나왔다.

내 〈도쿄 일기〉를 꼭 완성해 책으로 내겠다고 마유미에게 약속했다. '지장 없는' 부분을 발췌한 것은 그녀가 이미 원고로 만들어 주었다. 내가 귀국한 뒤 일본 잡지에 실을 예정이다. 집으로 돌아가면 메모와 사진을 바탕으로 내용을 추가해 찬찬히 책으로 엮어 낼 생각이다.

일본의 4월 바보는 우리나라에서는 3월 말일이다.

내 자식은, 내 손주는 과연 도쿄에 올 수 있을까. 일본에 입국하기가 나날이 까다로워지는 모양이다. 언제까지고 해제되지 않는 행정계엄에 항의하는 지식인들이 매일처럼 구금되고 있다. 고바야시 씨는 내가 도쿄를 떠나는 날까지도 집으로 돌아오지 못했다.

비행기에서 친구가 준 꾸러미를 풀어보니 색색의 예쁜 별사탕이 나왔다. 조그만 별들. 이제는 계절마다 달라지는 일본 과자를 먹을 수 없다고 생각하니 아쉽다. 트렁크 안에는 반듯이 접은 과자 상자와 포장지가 가득 들어 있다. 매실주 병도.

조그만 분홍 별을 살며시 입에 넣었다.

은은한 단맛과 함께 하나의 우주가 입 안에서 팡 터졌다.

작 가 의 말

비非 시리즈 단편집은《도서실의 바다》(2002년)와《1001초 살인 사건》(2007년, 원제는 '아침 햇살처럼 상쾌하게') 이래로 처음이다. 또 오 년이 지나고 말았다. 마침내 세 번째 책을 묶어 낼 수 있게 되어 얼마나 기쁜지. 기쁨을 곱씹으며 이번에도 각 단편에 관해 작가의 기억을 기록해둔다.

변심

타인의 책상이며 서재, 작업실을 보면 그 사람의 머릿속을 들여 다보는 것 같아 재미있다. 그런 책이 다수 나와 있는 것도 수긍이 간다. 책상을 보고 그 사람에 관해 추리하는 것을 한번 해보고 싶 어서 이 이야기를 썼다. 실은 내가 본 광경이 바탕이다. 우리 집 창 문으로 수도고속도로가 보이는데, 어느 날 기중기인지 뭔지가 걸 리면서 방음벽이 T자 모양으로 크게 파손되었다. 얼마 동안 부서 진 부분으로 처음 보는 경치가 보였는데, 심야에 공사하더니 이튿

날 아침 깔끔하게 복구되어 도로 보이지 않게 되었다.

주사위 7의 눈

당초에는 '누군가가 누군가에게 (어떤 것을) 선전하는' 것을 테마로 '프로파간다 시리즈'를 엮을 생각으로 썼는데, 뒷이야기가 생각나지 않아 그 뒤 이어지지 못하고 있다.

충고

호시 신이치의 기념 기획으로 썼는데, 어렸을 때 어디서 읽은 단편을 무의식중에 베낀 게 아닌가 하는 의혹을 떨칠 수 없었다. SF단편집(소겐 SF문고 《연간 일본 SF걸작선 허구 기관》, 2008년)에 수록됐을 때 후기에 그렇게 썼더니, 필립 K. 딕의 어느 단편 아니냐고 독자에게서 편지가 왔다. 하지만 나는 그 단편을 읽은 적이 없다. 현재까지 다른 지적은 없지만 그래도 불안하니, 이 뒤로도 혹시 뭐가 있다면 연락 부탁드립니다.

변명

《호텔 정원에서 생긴 일》로 야마모토슈고로상을 받았을 때 수상 기념으로 쓴 것.《호텔 정원에서 생긴 일》에 나오는 에피소드의 숨은 뒷이야기다.

소녀계 만다라

레이 브래드버리의 〈깜짝 상자〉라는 단편이 있다. 그런 것을 좀 더 그로테스크하게, 더 길게 써보고 싶다는 생각이다. 그래서 준비해두었던 제목이 실은 〈소녀계 만다라〉였다. 프로토타입으로 써본 게 이것.

협력

읽으면 아시겠지만 〈충고〉와 짝을 이루는 엽편. 개를 썼으면 역시 고양이도 써야죠.

오해

이건 〈변심〉과 짝을 이루는 단편이다. 아니, 실은 원래 이쪽이 〈변심〉이 될 예정이었다. 그런데 잘 써지지 않아서 고친 게 이번에 수록된 〈변심〉이고, 쓰다 만 이야기가 마음에 걸려 이를테면 변주곡으로 쓴 게 이쪽이다. 이 또한 가끔 가는 커피숍 창문으로 전화 공사 하는 장면을 본 것과 꿈속에서 들은 대화가 바탕이다. 첫머리에서 두 여자가 주고받는 대화가 그것인데, '대체 무슨 대화지? 저 여자애, 왜 저렇게 놀라는 걸까?' 싶어 잠에서 깨고 나서 메모해두었다. 그게 여기서 이어진 셈이다. 해리 케멀먼의 〈9마일은 너무 멀다〉를 해보고 싶었던 것도 있다.

타이베이 소야곡

타이베이라는 도시는 어디를 가도 향수를 자극하는 게, 걷다 보면 전생인지 뭔지의 기억에 집어삼켜질 것 같다. 작년 타이베이를 다시 방문했을 때 체험을 바탕으로 썼다. 등장하는 영화감독의 모델은 에드워드 양이다. 타이베이의 거리만 가지고 장편 한 편을 써보고 싶다.

이유

아동문학 잡지에 쓴 것. 지금 다시 읽어보니 라쿠고의 부조리한 작품(〈머리 산〉이라든지) 같다.

화성의 운하

작년 처음 타이난에 갔다. 이쪽도 자연이 풍부하고 향수가 느껴지는 거리로, 있을 리 없는 어린 시절의 기억이 밀려와 혼란스러웠다. 〈타이베이 소야곡〉과 짝을 이룬다.

죽은 자의 계절

괴담 특집으로 썼는데, 내용은 대부분 실화다. 내 처음이자 마지막 실록 괴담이 될 듯하다. 그나저나 1984년 와세다 제祭에서 손금을 봐주던 점술 연구회의 당신. 지금은 어디서 뭘 하고 계시는지요? 지금도 손금을 보시나요?

극장에서 나와

영화판 〈밤의 피크닉〉에서 주인공 고다 다카코를 연기했고 바야
흐로 드라마에 무대까지 활약의 장을 착착 넓히고 있는 다베 미카
코 씨의 사진집을 위해 쓴 것.

둘이서 차를

스탠더드넘버를 제목으로 사용한 단편이라는, 단속적으로 또 개
인적으로 계속하고 있는 기획을 이번에도 넣자 싶어 새로 썼다. 살
아 있었다면 20세기 최고 수준의 피아니스트가 됐을 텐데, 난치병
탓에 겨우 서른세 살의 나이에 요절한 경애하는 디누 리파티 님이
마음껏 피아노를 칠 수 있었다면 얼마나 좋았을까 하는, 이룰 수
없는 바람을 담아 쓴 이야기.

성스러운 범람 | 바다의 거품에서 태어나 | 꼭두서니 빛 비치는

올해 NHK 스페셜로 〈우리가 모르는 대영박물관〉이라는 시리즈
가 방영되었다. 그에 맞춰 제작한 세 권짜리 책을 위해 쓴 연작이
다. 대영박물관은 전시되는 소장품이 1퍼센트에 불과하며 나머지
99퍼센트는 창고에 보관되어 있다고 한다. 다큐멘터리 및 책은 그
중 역사에 새로운 시각을 부여해줄 만한 것을 테마로 〈고대 이집
트 편〉〈고대 그리스 편〉〈일본 편〉으로 엮었으므로, 나름 각 내용
에 의거해 쓴다고 썼다. 내 단편은 그렇다 치고, 특히 〈일본 편〉에

나오는, 일본의 고대 고분을 발굴한 가울랜드의 컬렉션은 매우 귀중하고 대단하니 역사에 관심 있는 분은 꼭 책을 읽거나 NHK 아카이브로 프로그램을 시청하시길.

나와 춤을

댄스가 테마인 단편을 꼭 한번 써보고 싶던 차에 피나 바우슈의 사망 소식을 들었다. 피나가 춤추는 모습은 본 적이 없지만 부퍼탈 탄츠테아터의 공연은 몇 번 보았다. 그녀를 모티프로 쓰자 싶어서 그녀의 작품 중 하나에서 제목을 따왔다. 어디까지나 가공의 이야기이지만, 내가 쓴 것치고 드물게 매우 마음에 드는 단편이다.

도쿄의 일기

어째서 가로쓰기인가 하면일본 원서에서는 이 단편만 가로쓰기 리처드 브라우티건의 손자가 쓴 일기라는 설정이기 때문이다. 브라우티건의 《도쿄 일기》와 우치다 햣켄의 〈도쿄 일기〉가 바탕이다. 제목을 똑같이 〈도쿄 일기〉로 할지 한참 고민한 끝에 '의'를 넣었다. 일본어를 처음 배우는 외국인 눈에는 'の'라는 히라가나 문자가 재미있고 귀엽게 느껴진다고 한다(한자 문화권 사람들도 마찬가지인 듯하다).

다른 이야기인데, 내내 단팥을 못 먹다가 마흔 살 지나면서부터 맛있어져서 요새는 직접 사먹기까지 한다. 일본 과자 자체에도 관심이 생겨, 이것저것 유래를 조사해봤더니 지리나 역사와 밀접하게 연관되는 게 퍽 재미있었다. 뭔가 활용할 데가 없을까 하던 차에 SF단편을 써달라는 의뢰가 오랜만에 들어왔다.

그렇게 해서 도쿄와 일본 과자, 계엄령이라는 석 점을 소재로 쓴 게 이것이다. 2010년 여름에 썼는데, 지금 읽어보니 웃어 넘길 수 없는 내용이라 식은땀이 흘렀다. 제발 이렇게 되지 않기를.

일본판타지노벨대상에 응모한 내 소설을 맨 처음 읽은 편집자였던 오모리 노조미 씨에게 프로 작가가 되어 최초로 원고를 넘긴 기념비적(?) 단편인데, 도중에 컴퓨터가 사망하고 어쩌고 하는 바람에 이번에도 원고가 늦을 대로 늦어졌다. 아이고 참 죄송합니다.

교신

〈소설 신초〉의 '800자의 우주'라는 특집을 위해 쓴 것. 소행성 탐사기 하야부사의 귀환을 기념하고자 썼습니다. 어디 있느냐고요? 재킷을 벗기고 속표지를 보세요.

2012년 10월

온다 리쿠

옮긴이 **권영주**

서울대학교 외교학과를 졸업하고 동대학원에서 영문학을 전공했다. 온다 리쿠의
《Q&A》《달의 뒷면》《한낮의 달을 쫓다》《유지니아》 등을 옮겼으며, 《삼월은 붉은 구렁
을》로 제20회 노마문예번역상을 수상했다. 그 밖에 무라카미 하루키의 《오자와 세이
지 씨와 음악을 이야기하다》《애프터 다크》 ^{비채 근간}, 미쓰다 신조의 《미즈치처럼 가라앉
는 것》을 비롯한 '도조 겐야' 시리즈, 하무로 린의 《저녁 매미 일기》, 모리미 도미히코의
《다다미 넉 장 반 세계일주》 등 다수의 일본소설은 물론, 《데이먼 러너언》《어두운 거울
속에》 등 영미권 작품도 우리말로 소개하고 있다.

나와 춤을 블랙&화이트 061

1판 1쇄 발행 2015년 4월 15일 **1판 6쇄 발행** 2016년 1월 27일

지은이 온다 리쿠 **옮긴이** 권영주
펴낸이 김강유
편집 박은경 **디자인** 정지현

발행처 비채
주소 경기도 파주시 문발로 197(문발동) 우편번호 10881
등록 1979년 5월 17일(제406-2003-036호)
주문 및 문의 전화 031)955-3200 **팩스** 031)955-3111
편집부 전화 02)3668-3290 **팩스** 02)745-4827 **전자우편** literature@ gimmyoung.com
비채 카페 http://cafe.naver.com/vichebooks
트위터 @vichebook . **페이스북** www.facebook.com/vichebook

ISBN 979-11-85014-85-2 03830 책값은 뒤표지에 있습니다.

비채는 김영사의 문학 브랜드입니다.
이 도서의 국립중앙도서관 출판예정도서목록(CIP)은 서지정보유통지원시스템 홈페이지(http://seoji.
nl.go.kr)와 국가자료공동목록시스템(http://www.nl.go.kr/kolisnet)에서 이용하실 수 있습니다.
(CIP제어번호: CIP2015008990)